實用英語文法百科 4

助動詞・不定詞・動名詞

吳炳鍾・吳炳文◎著

Practical English Grammar

The Definitive Guide

前言

　　本人歷來認為國人在國內學習英文的捷徑，是跟著精通英語和教學的國人教師學習；學習英文文法，最好是閱讀國人編寫的英文文法書。因為國人教師和編者比較了解英文和中文的語言習慣及文法的異同，也了解國人學習英文的困難處和易錯處，更容易幫助學習者掌握好的學習方法，抓住重點，清楚地解釋難點，使學習者少走彎路。

　　為了適應中等程度及高等程度的華人讀者閱讀、學習、應考，或教授英文的需要，自1993年春，本人著手策劃編寫這部詳略適宜、系統完整、便於查閱、相當於一部文法百科的巨著，歷時十年，現終於脫稿，如願以償。

　　本書所以命名為《實用英語文法百科》，一是力求「實用」，即：盡力結合國人學習英文的實際需要，不將古老或罕見的用法納入本書；仍採用「先詞法，後句法」的傳統文法編寫方法，這種編法讀者熟悉，且條理清楚，查閱容易，符合認識規律；對文法規則的講解，內容詳細，重點突出，例詞、例句豐富，針對性強並附有中文譯文，絕大部分用常用辭彙，簡明易懂，有淺有深，兼顧了不同程度讀者的需要。

　　二是力求「完整」，即：系統性和完整性強，包含了各項常

用的詞法和句法知識,兼顧了文體、口語、常規和例外的用法;在介紹傳統文法的同時,吸收了不少英美現代文法的新成果,及國內若干權威文法專著之長。

本人得以集中精力編成此書,要感謝內子林慧心女士多年來辛勤勞苦、無怨無悔、無微不至地照料我的生活起居,並給予精神上的安慰、支持;舍弟吳炳文和李婉瑩女士參加了策劃、編寫,付出了極大的心血。對此一併深表衷心感謝。

本書如有疏漏或不妥之處,務請專家和讀者指正。

吳炳鍾

2003 年 7 月

於舊金山

用法説明

1. 本書的英文例句一律中譯。與例句相關的文法注釋,置於中譯之後的圓括弧內。如:

◈ <u>Her family</u> was very poor.
她家很窮。
(句中做主詞的「家庭」family 視為一個整體,用單數動詞)

◈ <u>My family</u> are all here.
我的家人都在這裡。
(句中做主詞的 family 指家庭中的每一個成員「家人」,是群體名詞,用複數動詞)

2. 在講述文法的句子中插入的英文例字、例詞,一般不加中譯。如:

「有些聯繫動詞,如 feel, look, prove, smell, sound, taste,及片語動詞 run out 等,可以主動的形式表達被動的意義。」

3. 在講述文法的句子中插入的英文例字、例詞,如只有其中特定的意義適合在該處舉例,則在例字、例詞之後加中譯。如:

「有些表示狀態而非動作的或沒有進行時態的及物動詞,如 become, benefit, contain, carry(搬運), catch(掛住), cost, enter(參加), fail, have(有), hold(容納), lack, last(維持;夠用), leave(離開), possess(擁有), resemble, suffice, suit 等,沒有被動語態。」

4. 需要強調的部分,以黑體字表示。如:

◈ Your suitcase is the same as mine; I can't distinguish **which** is which.

你的手提箱和我的一樣，我分不出哪個是哪個。

（在 which is which 中第一個 which 做主詞，第二個 which 做主詞補語）

5. 底線〔 __ 〕在本書中表示句子中的有關成分，或表示劃線部分與加黑體字之間的關聯。如：

◈ <u>The climate</u> of Japan is not so mild as **that** of Taiwan.

日本的氣候不似臺灣的氣候那樣溫和。

（指代不可數名詞只可用 that）

6. 英文字的拼寫：凡是意義相同英美兩國拼法不相同的字，本書採用美式拼法。如：

	美式拼法	英式拼法
中心	**center**	centre
支票	**check**	cheque
防衛	**defense**	defence

7. 需要標注音標的字，用 K.K. 音標表示。如：

◈ 情態助動詞 used to 中的 used 的讀音為 [just]，本動詞 use 的過去式 used 的讀音為 [juzd]。

◈ We should use "**an**" [æn], not "**a**" [ə], before the word "egg".

在 egg 這個字之前，我們應該用 an，而不用 a。

8. 斜線符號〔／〕在本書中的用法：表示可替換的字，皆置於斜線符號之後。如：

◈ They **acknowledged/admitted** <u>having been defeated</u>.

他們承認曾被擊敗。

◈ I'll **defer/postpone/delay** replying till I hear from her.

我將等到接到她的消息後再做答覆。

9. 星號〔＊〕置於表示文法上錯誤的、不可接受的句子或句子成分之前。如：

◈ *This is the person to who you spoke.

（介詞 to 的受詞應用 whom，此句中誤用了 who，因而是不可接受的）

10. 下列略字分別代表以下意義：

[英]：英式英文	[解]：解剖學
[美]：美式英文	[言]：語言學
[語]：口語	[礦]：礦物
[俗]：俗語	[古生]：古生物學
[方]：方言	[植]：植物學
[主英]：主要用在英國	[宗]：宗教
[主美]：主要用在美國	[生]：生物學
[醫]：醫學	[地]：地理學
[藥]：藥物	[天]：天文學
[印]：印刷	[動]：動物學
[化]：化學	[律]：法律
[海]：海洋學	[理]：物理學
[心]：心理學	[數]：數學
[哲]：哲學	[政]：政治學

[修]：修辭學	[邏]：邏輯學
[玩]：玩具	[地質]：地質學
[生化]：生化學	[電]：電氣
[兒語]：兒童語	[電腦]：電腦用語
[棒球]：棒球用語	[橋牌]：橋牌用語
[直]：直接引句	[間]：間接引句

目次
CONTENTS

Chapter **12**

助動詞
Auxiliary
Verbs

1 概說

　　助動詞是動詞的一種，本身沒有辭彙意義或意義不完全，在完整的句子中不可單獨作述語，須和本動詞一起構成作述語的動詞片語，幫助本動詞構成各種時態、語態、語氣以及否定和疑問結構，加強語勢或表示說話人的情態。

2 助動詞的功能與特徵

　　助動詞有以下的功能與特徵：

(一)助動詞皆為功能詞(function word/operator)，有以下功能和特徵：

　　1. 用以和本動詞一起構成否定式，通常將 not 置於助動詞的後面，否定式一般都有縮寫形式。

◈ He **is not**（**isn't**）sleeping.
　他沒在睡覺。

◈ He **has not**（**hasn't**）arrived yet.
　他還沒到呢。

◈ They **do not**（**don't**）live there.
　他們不住在那裡。

◈ She **will not**（**won't**）resign before the end of the year.
　她年底前不會辭職。

◈ You **must not**（**mustn't**）do that.
　你絕不可以那樣做。

◈ You **need not（needn't）be** polite to her.
你不必和她客氣。

2. 可和主詞倒裝構成疑問句。

◈ **Are** you a student?
你是學生嗎?

◈ **Have** you **found** a new job?
你找到新工作了嗎?

◈ **Did** they **attend** her wedding?
他們參加她的婚禮了嗎?

◈ **Would** you **like to have** a cup of tea?
你想喝杯茶嗎?

◈ **May I come** in?
我可以進來嗎?

3. 在口語中常用縮寫形式。

◈ You**'re（are）** quite right.
你說的相當正確。

◈ I**'ve（have）** never heard of him before.
我以前從沒聽說過他。

◈ He **didn't（did not）** come back home until midnight.
他半夜才回家。

◈ I **won't（will not）** stop shouting until you let me go.
你不放我走我就一直大叫。

◈ He**'ll（will）** go swimming tomorrow.
他明天要去游泳。

◈ I promised I**'d**（**would**）do it.
我答應過我會做。

4. 可用於回答 Yes/No 問句，作簡略回答，代替整個動詞片
語。

◈ "Will you come tomorrow?" "Yes, I **will**."
「你明天會來嗎？」「是的，我會。」
（此處在簡略回答中用"will"，是為了表示強調）

◈ "Did he buy you a new dictionary?" "No, he **didn't**."
「他給你買了一本新字典嗎？」「不，他沒買。」

◈ "Must I pay the bill now?" "No, you **needn't**."
「我必須現在付款嗎？」「不，不必。」
（此句型不常用。較常說："Do I need to pay the bill now?" "No,
you don't."）

5. 頻率副詞、狀態副詞或一般副詞可置於助動詞和本動詞之
間。

◈ She **is** always **thinking** of others.
她總是替別人著想。

◈ We **have** often **been** there.
我們常去那裡。

◈ I **will** never **agree** to their demands.
我絕不會同意他們的要求。

◈ He **will** certainly **die** if you don't call a doctor.
你要是不請大夫來的話，他必死無疑。

◈ She **will** probably **come**.
她大概會來。

◈ He**'s presumably resigned** because of the complete failure of his policy.
他大概已辭職了，想必是因為他所推行的政策徹底失敗。

6. 與大多數本動詞相比，助動詞在語意上獨立於主詞。說明如下：

其一：助動詞和主詞之間沒有意義上的限制，即不因主詞的意義不同，而須用不同的助動詞。

◈ The detectives **must** be there before noon.
刑警必須在中午前到那裡。

◈ The trucks **must** be there before noon.
卡車必須在中午前到那裡。

其二：助動詞可和表示存在的 there 連用。

◈ There **used to** be a temple on the hill.
這山上過去有間廟。

◈ There **must** be a temple on the hill.
這座山上一定有間廟。

其三：助動詞和及物動詞構成的動詞片語，通常可從一種語態變為另一種語態而意思不變。

◈ You **should do** your homework yourself.
你應該自己寫功課。

◈ Your homework **should be done** by you yourself.
你的功課應由你自己寫。

7. 除 be, have, do 外，第三人稱單數都用原形。如：

◈ They **must** do their best.
　 他們必須盡最大努力。

◈ She **must** do her best.
　 她必須盡最大努力。

8. 助動詞一般只可和動詞原形連用。若後接完成式則用 have
　 ＋p.p.。

◈ This **may be** true.
　 這可能是真的。

◈ I **shall have** taught math(s) for forty years by Christmas.
　 到了耶誕節，我教數學將屆滿四十年了。

◈ I think he **must have been** kidding.
　 我想他一定是在開玩笑。

9. 許多助動詞所指的時間並不規則：

其一：情態助動詞的現在式和過去式皆可用以表示現在和未
　　　來。

◈ **May/Might** I use your car tomorrow morning?
　 我明早可以用你的車嗎？

◈ I **will/would** go there with you.
　 我會和你一起去那裡。

◈ **Can/Could** you let me see your passport?
　 讓我看看你的護照，好嗎？

其二：有些沒有明顯過去式變化的情態助動詞，如 must, ought，
　　　也能在間接敘述中用以指過去。

◈ He <u>told</u> her she **must** <u>be</u> home early.
他叫她一定要早一點回家。

◈ She <u>felt</u> she **ought to** <u>exercise</u>.
她覺得她應該去運動。

（二）一般助動詞

　　be, have, shall, should, will和 would 可幫助本動詞構成各種時態。

◈ I **am** <u>doing</u> my homework.
我正在寫作業。→現在進行式

◈ We **have** <u>been working</u> for five hours.
我們已經工作五小時了。→現在完成進行式

◈ When the doctor arrived there, the patient **had** already <u>died</u>.
醫生到那裡時，病人已去世了。→過去完成式

◈ She **will** <u>attend</u> an important meeting next Monday.
下星期一她將參加一個重要的會議。→未來式

◈ She <u>told</u> me that the general manager **would** <u>see</u> me.
她告訴我總經理要見我。→過去式

（三）被動語態助動詞（passive auxiliary）

　　be, become, come to, get, grow, stand 等，可和過去分詞一起構成被動語態。

◈ Football **is** <u>played</u> all over the world.
全世界都在玩足球。

◈ The doctor **has been** <u>sent</u> for.
已派人去請醫生來了。

◈ He **was** killed in a traffic accident.
他死於交通事故。

◈ What **will be** done next?
下一步要做什麼呢？

◈ She nearly **got** hit by the car.
她差一點被車撞了。

◈ Our team **got** beaten by the visiting team.
我們隊被客隊擊敗。

◈ She **has become** acquainted with him.
她已經和他變熟／混熟了。

◈ He **came to be** highly respected by everybody in the community.
他最後受到這個社區中每一個人的高度尊重。

◈ I **grew** accustomed to working with him.
我慢慢習慣和他一起工作了。

◈ He **stood** convicted of fraud.
他被判詐欺。

(四)助動詞 do 在簡單現在式和簡單過去式中可用以加強語氣。

◈ I **did** solve the problem myself.
我是自己解決這問題的。

◈ He **does** pay the bill.
他確實付款了。

(五)情態助動詞 should, could, might, would 等可用於假設語氣。

◈ If he **should** hear of your marriage, he **would** be surprised.
他如果聽說你的婚事，會嚇一跳的。

◈ If I **had** time, I **should/would** take a trip to Europe.
如果我有時間，就會去歐洲旅行。

◈ If he really **tried**, he **could** win the first prize.
要是他真的努力，可能會得第一名。

◈ If you **had asked** him for help, he **might have** lent you enough money.
如果你當時向他求助，他可能就會借你足夠的錢。

③ 助動詞的種類

助動詞按照本身有無詞義來區別，可分為助動詞和情態助動詞(modal auxiliary verb/modal auxiliary/auxiliary of modality/modal verb)。此外，還有兼具助動詞功能和本動詞功能的基本助動詞(primary auxiliary)，或稱兼用助動詞。

> 注：有些文法專著將助動詞分為基本助動詞和情態助動詞兩類。情態助動詞的英文術語和基本助動詞 primary auxiliary 相對應，稱作 secondary auxiliary。

3.1 助動詞(auxiliary verb)

助動詞，包括 be, have, do, shall, should, will, would 等，其本身一般沒有辭彙意義，和本動詞一起構成作述語的動詞片語，幫助本動詞構成各種時態、語態、語氣以及否定和疑問結構，或加強語氣。

◈ He **will not** <u>come</u> back until next Monday.

　他下星期一才會回來。

　（將 not 置於助動詞的後面構成否定句）

◈ **Did** <u>they</u> reply to the letter?

　他們回信了嗎？

　（將助動詞和主詞倒裝構成疑問句）

◈ She **is** <u>respected</u> by most people.

　她受到大多數人的尊重。

　（助動詞 be 可和過去分詞構成被動語態）

◈ I **do** <u>like</u> music.

　我的確喜歡音樂。

　（助動詞 do 可用來加強語氣）

◈ I **am** <u>reading</u>.

　我正在看書。

　（助動詞 be 可和現在分詞構成進行時態）

◈ We **shall/will** <u>see</u> her tomorrow.

　明天我們將見到她。

　（助動詞 shall/will 可和本動詞構成未來時態）

◈ When we got to the station, the train **had** <u>left</u>.

　我們到車站時，火車已開了。

　（助動詞 have/had 可和過去分詞構成完成時態）

◈ If I **should** <u>be</u> free tonight, I **will** <u>finish</u> reading the novel by midnight.

　如果我今晚有空，我一定會在午夜前看完這本小說。

　（假設助動詞 should 可用於假設語氣句中）

3.2 情態助動詞(modal auxiliary verb)

情態助動詞，或稱情態動詞，主要包括 can, could, may, might, shall, should, will, would, must, ought to, used to, dare 等。此外 have to, had better, had best, had rather/sooner, would rather/sooner, be going to 等，也可看作情態助動詞。情態助動詞有詞義，但並不完整，可表示能力、義務、必要、可能、意願、許可等說話者的看法、語氣和態度。

◈ **Can** you swim?
   你會游泳嗎？
   (助動詞 can 用以表示能力)

◈ You **should** help her.
   你應該幫助她。
   (情態助動詞 should 用以表示義務)

◈ **May** I come in?
   我可以進來嗎？
   (情態助動詞 may 用以表示許可)

◈ He **must** be crazy.
   他一定是瘋了。
   (情態助動詞 must 用以表示肯定)

◈ I **won't** see him anymore.
   我不會再見他。
   (情態助動詞 will 可以用來表示意願)

◈ She **dare not** go out alone.

她不敢單獨出去。

（該句型少用。較常說：She doesn't dare to go out alone.）

（情態助動詞 dare 用以表示敢於）

◈ They **used to** live on the same street.

以前他們住在同一條街。

（情態助動詞 used to 用以表示過去曾經發生的事實）

◈ You **ought to** be up by now.

你現在該起床了。

（情態助動詞 ought to 用以表示義務、必要）

◈ I would certainly do it if I **could**.

要是我能力所及，我一定會做。

（情態助動詞 could 用於假設語氣，表示能力）

◈ If you had been more cautious, you **might** have done better.

如果你再謹慎一些，你就可能會做得更好。

（情態助動詞 might 用於假設語氣，表示可能）

◈ If he **would** lend me a hand, I **should/would** be grateful.

如果他願意幫我一個忙，我會感激他的。

（情態助動詞 would 用於假設語氣，表示意願）

◈ You **had better** take good care of your wife.

你最好妥善照顧你的妻子。

（情態助動詞 had better 用於勸告、建議，表示義務）

◈ I **would rather** live here all my life.
我寧願一輩子住在這裡。
（情態助動詞 would rather 表示意願）

◈ I**'m not going to** have this.
我不能容忍這種行為。
（情態助動詞 be going to 表示決心）

3.3 基本助動詞(primary auxiliary)

基本助動詞，又稱兼用助動詞或「邊緣動詞」(marginal verb)，包括 be, have和 do，它們在助動詞中最常用，最重要而且既可作助動詞，又可作本動詞。作本動詞時，be 有任何其他本動詞所沒有的功能，也就是有功能詞的作用。

(一)在下列的 be，具有功能詞的作用。

◈ I think I **am** right.
我認為我是對的。
（am 作本動詞，有功能詞的作用）

◈ She **is not** a policewoman.
她不是女警。
（is 作本動詞，有功能詞的作用，在其後加 not，構成否定式）

2. 在下列情況的 be, have 和 do 都是助動詞。

◈ Tom **is** doing his homework.
湯姆在寫功課。
（is 作時態助動詞）

◈ Our team **has** never **been** beaten.

我們隊從未被擊敗過。

（has... been 作被動語態助動詞）

◈ I **haven't** seen her since she left here.

自從她離開這裡後我沒有見過她。

（have 作助動詞，其後加 not 構成否定式）

◈ It **doesn't** matter.

沒關係。

（do 作助動詞，以其第三人稱單數的否定式 doesn't 否定本動詞 matter）

◈ They **do** want you to come.

他們真的想要你來。

（do 作助動詞，用以加強本動詞 want 的語氣）

4 助動詞 be 的用法

(一) be 作時態助動詞，和現在分詞一起構成進行式。

◈ I **am** reading a letter.

我正在看一封信。

◈ They **were** discussing the plan.

他們在討論那計畫。

◈ I **'ll be** having dinner with my wife in my hometown this time tomorrow.

明天此時我將在家鄉和我妻子一起吃晚餐。

◈ **Have** they **been** asking a lot of questions?
他們問了許多問題嗎？

(二)作被動語態助動詞，be 可和過去分詞一起構成被動語態。

◈ English and French **are** spoken in Canada.
加拿大的人說英文和法文。

◈ The books **was** written by him.
這本書是他寫的。

◈ The painting **will be** sold soon.
這幅畫不久要賣了。

◈ They said the project **would be** discussed next month.
他們說此企劃將於下月討論。

◈ He **is being** questioned by the police.
他正在被警察盤問。

◈ Her car **was being** repaired when I was going to borrow it.
我打算借她的車的時，車子正在修理。

◈ She **has been** invited to the dinner party.
她受邀赴晚宴。

◈ He **had been** taught by Mr. Smith for years before he joined the team.
他在加入此隊以前已由史密斯先生教導多年了。

◈ The new airport **will have been** built before May.
新機場將在五月前落成。

(三)助動詞 be 和不定詞連用可表示不同的意義：

1.表示「責任」、「必須」、「得」等，相當於 must 或 have to。

◈ You **are** to go at once.
　你得馬上去。

◈ I**'m** to inform you that your husband has resigned.
　我必須通知妳，妳的丈夫已辭職了。

2. 表示「可以」、「可能」等，近似 can 或 may，多用於被
　動語態 。

◈ The book **was not** to be found.
　那本書不見了。

◈ It **is not** to be denied.
　這是不可否認的。

◈ You **are not** to smoke here.
　你不可以在這裡抽煙。

3. 表示安排、意向、打算等未來的動作，近似 be going to。

◈ We **are** to meet at six.
　我們要在六點集合。

◈ They **are** to be married.
　他們要結婚。

◈ I **am** to interview him today.
　我今天要訪問他。

◈ They **were** to leave for Tokyo the following day.
　他們本來要在第二天去東京。

4. 表示「應該」，相當於 should。

◈ What **am** I to do?
　我該怎麼辦？

◈ You **are not** to do that again.
不許你再那樣做了。

5. 表示想要做的事情，近似 intend to，多用於條件句。

◈ If we **are** <u>to succeed</u>, we must seize every opportunity.
我們要成功的話，必須把握每個機會。

◈ If you **are** <u>to make</u> friends with her, you need to act like a man.
如果你想要和她交朋友，就需表現出男子漢的氣概。

6. 表示註定要發生的情況，近似 be destined to，常用於過去式。

◈ He **was** never <u>to see</u> his home again.
他註定無法再回鄉了。

◈ Better days **were** soon <u>to follow</u>.
好日子很快就來了。

◈ As a young man, he did not know that he **was** <u>to become</u> famous later on.
他年輕時不知道自己後來會成名。

7. 僅限於 were，其後接不定詞時，可用於假設語氣，表示成為事實的可能性甚小。

◈ If I **were** <u>to tell</u> you that I killed him, would you believe me?
要是我對你說是我殺了他，你會相信嗎？

◈ If I **were** <u>to do</u> that, what would you say?
如果我那樣做，你會說什麼？

(四)在舊式用法中，可以用助動詞 be 代替助動詞 have, 和某些
　不及物動詞的過去分詞一起構成現在完成式。

◈ She **is** come.
　她來了。

◈ "Is Tom in?" "No, he **is** gone."
　「湯姆在嗎？」「不在，他走了。」
　(但是我們還是這樣講)

5 助動詞 have 的用法

(一)助動詞 have，包括其第三人稱簡單現在式 has 及簡單過去式
　had 共三種形式，主要作助動詞，與過去分詞一起構成完成
　式。

◈ You **have** seen the film, **haven't** you?
　你已看過這部電影了，不是嗎？
　(have＋過去分詞構成現在完成式)

◈ She **has** been to Paris many times.
　她已去過巴黎多次。
　(has＋過去分詞構成現在完成式)

◈ He **had** finished it when I arrived, hadn't he?
　我到的時候他就已做完了，對嗎？
　(had＋過去分詞構成過去完成式)

◈ We **have** been learning English for six years.
　我們已學了六年英文。
　(have＋been＋現在分詞構成現在完成進行式)

◈ He **will have** finished it when we arrive.
當我們到達時他就已經把它完成了。
（will＋have＋過去分詞構成未來完成式）

◈ I **shall have** been working here for three years by then.
到那時，我將在這裡工作三年了。
（shall＋have＋been＋現在分詞構成未來完成進行式）

◈ He said he **would have** been living here for ten years by the next day.
他說到了隔天他將在這裡住十年了。
（would＋have＋been＋現在分詞構成過去未來完成進行式）

（二）與一般助動詞不同，由 have＋過去分詞構成的完成式，可以有現在分詞或不定詞的形式。

◈ **Having** thought it over, I decided against seeing him again.
經過仔細考慮，我決定不再見他。

◈ **Having** finished his homework, he went out for a walk.
做完了作業，他外出散步。

◈ She seems **to have** been diligent.
她好像一直很勤奮。

（三）由 had＋過去分詞構成的完成式，可用於假設語氣。

◈ If I **had** had time, I would have helped him.
Had I had time, I would have helped him.
要是當時有時間，我就會幫助他了。

◈ If I **hadn't** seen it with my own eyes, I **wouldn't have believed** it.

我要不是親眼看到，一定不信。

(四)在英式英文中，通常用助動詞 have/has 和 got 連用表示「有」，用於現在時態，而 have 表示「有」並用於現在時態時，則顯得比 have/has got 鄭重。在美式英文中，直接用本動詞 have 表示「有」。

◈ He **has got** a new car.

他有一輛新汽車。

(＝英式英文的正式用法和美式英文：He has a new car.)

◈ She **hasn't got** her own house.

她沒有自己的房子。

(＝英式英文的正式用法：She hasn't her own house.)

(＝美式英文 She **doesn't have** her own house.)

◈ "**Have** you **got** any children?" "No, I **haven't got** any."

「你有孩子嗎？」「不，我沒有孩子。」

(＝英式英文的正式用法："**Have** you any children?" "No, I **haven't** any.")

(＝美式英文："**Do** you **have** any children?" "No, I **don't have** any.")

(五)由助動詞 have 引導的習慣用語 have had it 有兩種意義：

　　1. 表示「受夠了」、「不能再忍受了」。

◈ I've been working like a fool, but now I**'ve had it**.

我一直像傻子似的工作，但是我已經受夠了。

◈ "I **have had it**," said Leo,"I'm resigning from the job of chairman right now."

李奧說：「我已經受夠了，我立刻就辭去主席一職。」

◈ We**'ve** all **had it** with you, John. Get out!

約翰，我們對你已忍無可忍了。滾吧！

2. 表示「生命或耐力的結束」、「錯過某種機會」、「沒有希望了」。

◈ When the doctor examined the man who had been shot, he said, "He**'s had it**."

醫生檢查完中彈的人之後，說：「他沒救了。」

◈ I'll have to get a new pair of shoes; those that I'm wearing **have** just about **had it**.

我得買雙新鞋了，因為我腳上穿的這雙快壞了。

◈ The bullet went through his heart. I'm afraid he**'s had it**.

子彈穿過他的心臟，我看他沒希望了。

6 助動詞 do 的用法

助動詞 do 包括其第三人稱簡單現在式 does 及簡單過去式 did 共三種形式，主要有以下功能：

(一)do在沒有其他助動詞或情態助動詞時，與本動詞一起構成疑問句。

◈ **Do** you <u>know</u> him?

你認識他嗎？

◈ Where **did** she <u>go</u>?
　她去哪裡了？

(二) do在沒有其他助動詞或情態助動詞時，與本動詞一起構成否定句。

◈ He **didn't** <u>come</u> to school today.
　他今天沒來上學。

◈ **Don't** <u>annoy</u> me!
　別煩我！

(三) 在 not, not only, only, never, rarely, little, seldom, scarcely 等副詞開頭的敘述句中，動詞常藉由助動詞 do 組成倒裝語序。

◈ <u>Never **did** I see</u> such a beautiful girl.
　我從來沒看見過如此漂亮的女孩。
　(此句型少用。較常說：Never have I seen such a beautiful girl. 或 I have never seen such a beautiful girl.)

◈ <u>Little **does** he care</u> whether we live or die.
　他一點也不在乎我們的死活。

◈ <u>Not only **did** he complain</u> about the food, he also refused to pay for it.
　他不僅抱怨餐點不好，還拒絕付款。

◈ <u>Not without reason **did** he resign</u>.
　他辭職不是沒有理由的。

◈ <u>Only a child **did** he see</u>.
　他只看到了一個小孩。

◈ <u>Only rarely **do** I eat</u> in restaurants.
　我極少到餐廳用餐。

◈ Hardly **does** <u>he study</u>.
　他幾乎不讀書。

◈ Seldom **did** <u>she show</u> her feelings.
　她很少流露感情。

◈ Scarcely **does** <u>she smile</u>.
　她幾乎從來不笑。

(四)用於附加問句中，此附加問句前的敘述句中沒有 be, have 或
　其他助動詞時。

◈ "He failed the exam, **didn't** he?" "Yes, he **did**."
　「他考試不及格，是嗎？」「是的，他考試不及格。」

◈ "She speaks Italian, **doesn't** she?" "Yes, she **does**."
　「她會說義大利文，不是嗎？」「是的，她會說義大利文。」

(五)用於加強語氣句，do 後接原形動詞。

　1. 在肯定的敘述句或祈使句中用於強調，表示「真的」，
　　「的確」，「一定」等。

◈ She **does** <u>love</u> you.
　她真的愛你。

◈ She **did** <u>write</u> to say thank you.
　她的確寫信向你道謝了。

◈ She **does** <u>want</u> you to come.
　她確實要你來。

◈ **Do** <u>be</u> careful!
　千萬要小心！

◈ Though they lack official support they **do** continue their struggle.
他們雖然沒有得到官方的支援，但仍繼續奮鬥。

2. do 用在祈使句的原形動詞前，使邀請或懇求的口氣更加婉轉、熱情或友好。

◈ **Do** have some coffee.
請喝點咖啡吧。

◈ **Do** come in!
請進吧！

◈ **Do** sit down!
請坐吧！

◈ **Do** be quiet, please.
求你們安靜一會兒吧。

(六)用於代替前面已提過，以避免重複，句子有時可以用倒裝語序。

◈ Mrs. Scott earns more than her husband **does**.
史考特夫人賺得比她丈夫還多。

◈ "Did you buy a computer?" "No, but my son **did**."
「你買了電腦嗎？」「沒有，但是我兒子買了。」

◈ He passed the exam, and I **did**, too.
＝He passed the exam, and so **did** I.
他通過考試了，我也一樣。

◈ I don't smoke and neither **does** my husband.
我不抽吸煙，我丈夫也不吸煙。

7 助動詞 shall, will, should 和 would 的用法

助動詞縮寫形式如下：

will	→	'll
should, would	→	'd
shall not	→	shan't
will not	→	won't
should not	→	shouldn't
would not	→	wouldn't。

7.1 助動詞 shall 的用法

(一)當主詞是第一人稱時，助動詞 shall 可用作時態助動詞，表示單純未來發生的動作，較多用於敘述句中，在現代英文中，尤其是美式英文中，常用 will 代替 shall。

◈ I **shall/will** be seventy-two years old by the end of this month.
我到這月底就七十二歲了。

◈ We **shall/will** be going away on an early train tomorrow.
我們明天坐早班火車走。

◈ When you come back, I **shall/will** have written the article.
當你回來時，我將寫完這篇文章了。

◈ That was a moment I **shall/will** never forget.
那一刻我永誌不忘。

◈ I **shan't** <u>be coming</u> back tomorrow.
明天我不回來了。

◈ We **shan't** <u>know</u> the results until next week.
我們要到下星期才知道結果。

(二) 主詞是第一人稱時 shall 用於疑問句中，簡答時，須視不同情況，選用不同的助動詞。

1. 主詞是第一人稱時，在 yes-no 疑問句中，在作簡略回答時，通常用 will 表示。

◈ "**Shall** we <u>be</u> there in time for tea?" "Yes, we **will**."
「我們能及時到那裡喝下午茶嗎？」「是的，我們一定能。」

2. 用於徵求對方意見詢問可否為對方做某事時，簡略回答一般不用 shall 或 will。

◈ "**Shall** we <u>carry</u> your suitcases?" "Yes, **please**."/"No, **thank you**."
「要我們為您拿行李箱嗎？」「好，請拿吧。」／「不用了，謝謝。」

◈ "**Shall** I <u>give</u> you a shampoo and set?" "Yes, **please do**."
「要我為您洗頭並設計髮型嗎？」「好啊，麻煩您了。」

◈ "**Shall** I <u>open</u> the window?" "Yes, please."/"No, **you better not**."
「要我把窗戶打開嗎？」「可以，請打開吧。」／「不，最好別開。」

◈ "**Shall** I <u>take</u> the dog for a walk?" "Yes, **do**."/"No, **don't**."
「我去溜狗，好嗎？」「好的，去吧。」／「不，別去。」

3. 當 yes-no 問句的主詞是 we 時，作簡略回答時，可用不同的
　　方法。

◇ "**Shall** we <u>go</u> to the concert?"
　　"Let's, **shall we**?"/"No, **I'd rather we didn't**."
　　「我們去聽音樂會，好嗎？」「我們去吧，好嗎？」／「不，我
　　寧可我們不要去。」

◇ "**Shall** we <u>sing</u> together?" "**Let's**."
　　「我們要不要一起唱？」「我們一起唱吧。」

◇ "**Shall** we <u>sit</u> here?" "**We may as well**."
　　「我們坐在這裡好嗎？」「坐坐也好。」

(三)在英式英文的疑問句中，shall 作時態助動詞可用於第二人
　　稱，表示單純未來，問對方「會……嗎？」或「是否……
　　呢？」。(但目前在表示單純未來時，有以 will 代替 shall 的
　　趨勢)。

◇ **Shall** you <u>go</u> back to the company?
　　你會回公司嗎？

◇ **Shall** you <u>be</u> at home then?
　　那時候你會在家嗎？

◇ When **shall** you <u>be</u> here?
　　你什麼時候會到這裡來？(極少用)

◇ What **shall** you <u>do</u>?
　　你會怎麼做？

◇ Where **shall** you <u>dine</u> tonight?
　　你們今晚要在什麼地方吃飯？

(四)在某些名詞子句中，shall 有時近似 should 的用法。

◈ I desire that you **shall** be there too.
我希望你也去那裡。

◈ Mr. Smith intends that his son **shall** go to college.
史密斯先生打算讓他的兒子上大學。

◈ I insist that you **shall** be there.
我一定要你去。

◈ It has been decided that he **shall** be given the job.
已經決定他會被錄取。

◈ I propose that something **shall** be done.
我建議做點事。

◈ They demand that you too **shall** be there.
他們要求你也去。

◈ The boss is determined that you **shall** stay on.
老闆決定讓你繼續待下去。

◈ We are anxious that aid **shall** be sent promptly.
他們盼望救援物資馬上送達。

7.2 助動詞 will 的用法

(一)用於敘述句中。will 作時態助動詞時表示單純的未來，一般
用於第二、三人稱，但在敘述句中，也常用於第一人稱，
以 you and I 作主詞時，通常用 will。

1. 用於構成各種表示未來的時態。

◈ You **will** be glad to see him.
你見到他會很高興。

◈ **Will** they <u>come</u> back tonight?
他們今晚會回來嗎？

◈ I**'ll** <u>meet</u> her at eight o'clock.
我將在八點整和她見面。

◈ You and I **will** <u>study</u> in the same school.
我和你將在同一間學校唸書。

◈ You **will** <u>be talking</u> with your family in your hometown this time next Monday.
下星期一這個時候你就能在家鄉和家人談話了。

◈ He **will** <u>have finished</u> writing his paper before Saturday.
星期六前他將會寫完他的論文。

◈ By next summer, he **will** <u>have been teaching</u> in this college for thirty years.
到了明年夏天，他在這間大學就任教三十年了。

注：will 也可表示對現在情況的猜測，表示相當確定，可能性高達百分之百。

◈ That **will** be the mailman at the door now.
現在在門口的肯定是郵差。

2. 用於表示希望、期待、相信、料想、假定、肯定、恐怕等意思的動詞或片語之後的子句中。

◈ I hope you **will** <u>succeed</u>.
我希望你會成功。

◈ I expect she **will** <u>come</u> soon.
我認為她會很快回來。

◈ I believe you**'ll** <u>regret</u> leaving here.
我相信你會後悔離開這裡的。

◈ I'm afraid the patient **will** die in a day or two.
這名病患恐怕會於一、兩天內過世。

◈ I'm sure Brazil **will** win the World Cup.
我肯定巴西將贏得世界盃。

◈ I don't doubt she **will resign**.
我不懷疑她會辭職。

◈ I think I'**ll** go for a swim.
我想我會去游泳。

◈ I don't suppose I'**ll** trouble you again.
我想我不會再麻煩你。

3. 可和 perhaps, possibly, probably 等表示不確定的副詞連用。

◈ Perhaps the weather **will** change tomorrow.
明天可能要變天。

◈ Possibly we'**ll** meet again soon.
或許我們很快會再見面。

◈ She'**ll** probably live here for two weeks.
她大概將在這裡住兩個禮拜。

4. 可用在條件句的主要子句中。

◈ If today is Sunday, tomorrow **will** be Monday.
如果今天是星期日，明天就是星期一。

◈ If it rains, I'**ll** stay at home.
如果下雨，我就會待在家裡。

◈ If that's the case, I'**ll** do it.
如果情況是這樣，我就會做。

5. 在 if 引導的條件子句中，一般不用 will 表示未來，但如強
   調「不是現在而是以後」的意義時，可以用 will。

◈ If it **will** <u>suit</u> you better, I'll change the date of our meeting.
   如果對你比較方便，我將更改會議日期。

(二)用於第二、三人稱在詢問情況的疑問句中，也可用於第一
   人稱疑問句"Will I/we...?"表示單純的未來。

◈ **Will** she <u>be</u> busy tomorrow?
   她明天忙嗎？

◈ **Will** you <u>come</u> home tonight?
   今晚你會回家嗎？

◈ Where **will** you <u>be</u> tomorrow afternoon?
   明天下午你會在哪裡呢？

◈ When **will** you <u>be</u> able to give us a reply?
   你什麼時候能給我們答覆？

◈ Where **shall/will** I <u>be</u> this time next month?
   下個月這個時候我會在哪裡呢？

◈ Where **will** I <u>see</u> you?
   我將在哪裡見你呢？

7.3 助動詞 should 和 would 的用法

助動詞 should 和 would 皆不可和有介系詞 to 的不定詞連用。

7.3.1 時態助動詞 should 和 would 的用法

時態助動詞 should 是 shall 的過去式，would 是 will 的的過去
式，二者當作主要子句的述語動詞，用在間接敘述句中，表示過

去時態。

(一)should 是 shall 的過去式，主要用於第一人稱，偶爾用於第三人稱。但在現代英文尤其是美式英語中，多用 would。

◈ I knew if I kept at it I **should/would** succeed.
我知道如果我堅持到底我會成功的。

◈ I told you I **should/would** come.
我告訴過你我會來的。

◈ The lieutenant reported that he **should/would** be ready at daybreak.
副官報告說他會在黎明時準備好。

◈ She said she **should/would** leave here the following day.
她說她第二天會離開這裡。

(二)would 是 will 的過去式，主要用於第二、三人稱。在現代英文中，尤其是美式英文中，would 也可用於第一人稱。

◈ I didn't know you **would** come.
我不知道你會來。

◈ She told me that she **would** be coming the next week.
她告訴我她下週會來。

◈ I told him I **would** go to see him in half an hour.
我告訴過他，我過半個小時後就去看他。

7.3.2 假設助動詞 should 和 would 的用法

假設助動詞 should 和 would 無辭彙意義，可用於下列場合：

(一)should 可用於各式人稱主詞的假設語氣形式中。

1. 用於假設不太可能成真的條件子句中。

◈ If I **should** <u>be</u> free tonight, I will call on him.
如果今晚有空，我就去探望他。

◈ If he **should** <u>hear</u> of your marriage, he would be surprised.
倘若他聽說你的婚事，會嚇一跳。

2. 用於某些表示建議、要求、意願的動詞之後，做為後接子
　句的助動詞中，should 在此無特別意義，常可以省略。

◈ He advised that you (**should**) <u>go</u> at once.
他建議你立刻去。

◈ I ask that the message (**should**) <u>be taken</u> to the
headquarters immediately.
我要求把這封信立刻送到總部。

◈ I prefer that we (**should**) <u>do</u> it some other way.
我寧願我們用別的方法做此事。

3. 可用於某些作受詞的名詞子句中，其主要子句的補語為表
　示情緒的形容詞或過去分詞。

◈ She was anxious that her daughter **should** <u>get</u> a good
job.
她巴望她的女兒能找到好工作。

◈ I'm surprised that he **should** <u>have received</u> such a warm
welcome.
我很驚訝他會受到如此熱烈的歡迎。

4. 用於「It＋be＋形容詞或過去分詞＋that 子句」的句型中，
　形容詞或過去分詞表示對 that 子句中動作的看法、意願、
　要求、命令或建議時，should 常可省略。

◈ It is appropriate that you (**should**) attend the meeting.
你應出席會議才對。

◈ It is desirable that they both (**should**) be here.
他們倆都來這兒最好。

◈ It is imperative that he (**should**) do it over again.
他必須重做一遍。

◈ It is ordered that the gate (**should**) be locked at once.
有人命令馬上鎖上大門。

◈ It is recommended that we (**should**) do morning.
exercises every day.
有人建議我們每天做早操。

5. should ＋原形動詞型的假設語氣可用於「It ＋ be ＋表示可能的形容詞＋ that 子句」的否定句和疑問句中。

◈ It isn't likely that she **should** ring me at midnight.
她不大可能半夜給我打電話。

◈ It is impossible that he **should** kill invaluable wild animals.
他不可能會殺害珍貴的野生動物。

◈ Is it possible that he **should** be able to afford to buy such a large house?
難道他買得起這麼大的房子嗎？

6. 可用於某些連接詞或片語連接詞之後的副詞子句中。

◈ Take your umbrella, in case it **should** rain.
帶著你的雨傘，以防下雨。

◈ They hid themselves lest they **should** be discovered.
他們躲了起來唯恐被人發現。

7. 用於由 that 引導的作同位語名詞子句中，should 常可省略。

◈ It is his desire that he (**should**) become a doctor.
他想成為一名醫生。

(二)should 或 would 用於表示結果的主要子句中，在現代美式英文中，一定 would。

◈ If I had time, I **should/would** help you with your English.
如果我有時間，就會教你英文。

◈ If I were you, I **should/would** lend her a hand.
如果我是你，我會幫助她。

◈ If I had been here that day, I **should/would** have seen you.
如果那天我在這裡，就會見到你了。

◈ If I had seen her yesterday, I **should/would** have told her.
如果我昨天見到她，就會告訴她了。

(三)would 用於沒有 if 的條件句，表示主要子句中主語和述語動詞的假設語氣。

◈ Alone by myself, I **wouldn't** go out at midnight.
如果我獨自一人，我是不會半夜外出的。

◈ A kind officer **wouldn't** treat his men like this.
仁慈的軍官不會這樣對待他的部下。

注：用 shouldn't 的話，意思就會改變，變成「……不應該……」。

(四)would 用於帶有假設語氣的句子中，表示某種看法。

◈ That **would** be dangerous.
那就會太危險了。

◈ He **would** have succeeded.
　他本來應該會成功的。

⑧ 情態助動詞 shall, should, will 和 would 的用法

8.1 情態助動詞 shall 的用法

(一)shall 用於第一人稱(在英國還可用於第三人稱)作主詞時，
　　用以徵求對方意見。

◈ **Shall** I <u>open</u> the windows?
　＝Would you like me to open the windows?
　要不要我把窗戶打開？

◈ **Shall** the messenger <u>wait</u>?
　＝Do you want the messenger to wait?
　要不要送信人等候呢？

◈ What **shall** we <u>do</u> this weekend?
　我們這個週末要幹什麼？

◈ Let's go out for a walk, **shall** we?
　我們出去散步，好嗎？

(二)shall 用於敘述句可表示決心、命令(否定表禁止)、希望、
　　承諾、警告、威脅或規定。

　　1. 用於各個人稱敘述句，表示說話者的決心。

◈ I never **shall** <u>do</u> anything like that.
　我絕不會做出那樣的事。

◈ The enemy **shall** not pass.
   敵人絕不能從這裡通過。

◈ Nothing **shall** stop me from doing this.
   什麼也不能阻止我做此事。

2. 用於各個人稱敘述句，表示說話者的承諾。

◈ He **shall** do as he pleases.
   他可以隨意行事。

◈ You **shall** have a wonderful birthday gift.
   你會有一件極好的生日禮物。

◈ If you work hard, you **shall** receive higher wages.
   如果你努力工作，你將得到較高的工資。

3. 用於第二、三人稱敘述句，表示命令、權力或義務，意指「必須」、「應該」等。

◈ You **shall** go to the principal's office.
   放學後你必須去校長室。

◈ I know you don't want to do this, but you **shall**.
   我知道你不想做，但你必須做。

◈ You **shall** do what you are told.
   叫你做的事就必須要做。

◈ He **shall** have his share.
   該是他的就是他的。

◈ You **shall** honor your parents.
   要尊敬父母。

4. 用於第二、三人稱敘述句，表示說話者對他人的勸告、警告或威脅。

◈ You **shall** pay for this.
　你要為此付出代價。

◈ If you don't treat her well, you **shall** regret it.
　如果你不善待她，就會為此感到後悔的。

◈ If you do this, you **shall** be hanged.
　如果你幹這事，就會被處以絞刑。

◈ They **shall** suffer for this.
　他們要為此吃苦。

5. 用於第二、三人稱的否定敘述句，表示說話者的禁止的意志，意指「不可」、「不要」等。

◈ You **shan't** have your own way in everything.
　你不可任性妄為。

◈ He **shan't** come here. （＝I won't let him come here.）
　他不可以到這裡來。

◈ She **shan't** go there alone. （＝I won't let her go there alone.）
　她不可以獨自去那裡。

◈ No more drink **shall** be drunk tonight.
　今晚不要再喝酒了。

6. 用於第三人稱敘述句，在法令、規章、合同中，意指「必須」、「應該」等。

◈ In case of dispute, the matter **shall** be submitted to arbitration.
　如有爭議，應提交仲裁。

◈ House owners **shall** keep their gardens in a neat and orderly state.
屋主必須保持花園整潔。

◈ Gambling in any form **shall** be banned.
任何形式的賭博都應禁止。

◈ Each party **shall** respect the conditions of this contract.
雙方均須遵守此合同條件。

8.2 情態助動詞 should 的用法

　　用作情態助動詞時，should 一般不被看作是 shall 的過去式。主要有以下功能：

（一）第一人稱作主詞時，用以徵求對方意見，或是提出想法、看法、請求或建議，使語氣更婉轉、客氣。

◈ **Should** I turn on the TV?
我應該打開電視嗎？

◈ What **should** I do?
我現在該怎麼辦？

◈ I **should/would** say he is a capable and hardworking policeman.
我說他是個能幹勤奮的警察。

◈ I **should/would** like to make a phone call, if possible.
如果可以的話，我想要打個電話。

◈ I **should/would** think she is the very person for the job.
我認為她就是最適合做此工作的人。

◈ We **should** be out in the garden in such fine weather.
這麼好的天氣我們應該到花園去。

◈ I **should** be glad to have a try.
我倒樂於一試。

(二)用於各種人稱，表示出於責任、義務，或規勸他人時所意
指的「應該」、「應當」、「理所當然」等。

1. 後接原形動詞指現在或未來。

◈ You **should** study harder.
你應該更用功些。

◈ Children **should** be taught to speak the truth.
應該教導孩子說實話。

◈ You **shouldn't** drink and drive.
你不應酒駕。

◈ How **should** we answer this letter?
這封信我們應該怎麼回覆呢？

◈ It is natural that I **should** be there.
我去那裡是理所當然的。

2. 後接「be＋現在分詞」指現在。

◈ I **should** be wearing glasses.
我應該是戴著眼鏡的。

◈ You **shouldn't** be staying up so late.
你不應當這麼晚還不睡。

3. 後接「have＋過去分詞」指「過去應該發生、卻沒發生」
的事。

◈ You **should** have seen that film.
你應該看那部電影的。

◈ You are right. I **should** have thought of that.
你說得對，我早該想到這點。

◈ We **should** have bought a new lock for the front door.
我們早該買把前門的新鎖。

4. shouldn't 後接「have＋過去分詞」指「過去不應該發生、卻發生了」的事。

◈ We **should** not have done that.
我們當初不該做那樣的事。

◈ You **shouldn't** have left him.
你那時不應離開他。

◈ You **shouldn't** stay up reading until morning.
你不應該熬夜看書直到早上／天明。

(三)用於表示意外、驚奇、懷疑、不滿的情緒。

◈ I was thinking of going to see John when who **should** appear but John himself.
我正想去看約翰，想不到他本人就來了。

◈ "You are wanted on the phone." "Who **should** call me?"
「你的電話。」「會是誰打給我呢？」

◈ I turned round on the bus and who **should** be sitting behind me but my ex-wife.
我在公車上轉過身來，誰料後面坐的竟是我的前妻。

◈ Why **should** we do things like that for him?
我們為什麼要為他做那樣的事呢？

◈ How **should** I know?
我怎麼會知道？

◈ Why **should** you <u>be</u> so late?
你為什麼應該會這麼晚？

◈ Why **should** you <u>think</u> that I stole the money?
你為什麼會認為是我偷了錢？

◈ Why **should** I <u>pay</u> the bill?
為什麼要我付款？

(四)用於各種人稱，表示估計、猜測。

◈ I think she **should** <u>be</u> there by now.
我想她現在可能已經到那裡了。

◈ The grammar book **should** <u>be</u> out before Christmas.
文法書在耶誕節前應當能夠出版。

◈ The young man **should** <u>go</u> far.
這名年輕人應該會大有成就。

◈ "Where is Charley?" "He **should** <u>be</u> at the library."
「查理在哪裡呢？」「他應該在圖書館吧。」

◈ I **should** <u>have finished</u> reading it by Friday.
在星期五以前我應該能把它看完了。

(五)可置於某些表示情緒的動詞之後，用在做受詞的名詞子句中，表示「竟然」，「居然」。

◈ I regret that things **should** <u>have come</u> to this.
事情竟然到了這樣的地步，我很惋惜。

(六)可用於「It＋be＋表示某種情緒的形容詞＋that 子句」中的 that 子句中，表示「竟然」，「居然」的意思。

◈ It's dreadful that they all **should** <u>be</u> so miserable.
真可怕，他們竟然都這樣悲慘。

◈ It's surprising that the new boxer **should** never <u>have been defeated</u>.
這新拳擊手居然從沒敗過，真叫人吃驚。

◈ It's strange that we **should** <u>meet</u> here.
真奇怪，我們竟會在此相遇。

8.3 情態助動詞 will 的用法

(一)在敘述句中可用於各種人稱，表示意圖或意願，意指「願意」、「想要」等；其否定式意指「不願」、「不會」等。

◈ I **will** <u>do</u> it.
我願意做這件事。

◈ Do what you **will**.
做你想做的事。

◈ He will come whenever he **will**.
他想來的時候就會來。

◈ "Don't forget!" "I **won't**."
「別忘記！」「我不會的。」

◈ I **won't** <u>make</u> that mistake anymore.
我不會再犯那樣的錯誤了。

◈ She **won't** <u>marry</u> him.
她不願意嫁給他。

◈ "Can somebody get some water for me?" "I **will**."
「有人可以給我一點水嗎？」「我來。」

◈ "There's the doorbell." "I'**ll** get it."
「門鈴響了。」「我去開。」

(二)用於第二人稱，在疑問句、反意問句及祈使句的附加問句中，表示請求，意指「好嗎」，「行嗎」，「願意嗎」；其否定式意指「要不要」，「好嗎」。用於反問時，也可用於第一人稱。

◈ **Will** you <u>do</u> me a favor?
你幫我個忙好嗎？

◈ **Will** you <u>go</u> to the movies with us?
你和我們一起去看電影好嗎？

◈ **Will** you <u>call</u> me tonight?
你今天晚上會打電話給我嗎？

◈ Pass me the ruler, **will** you?
把尺遞給我好嗎？

◈ **Won't** you <u>sit down</u> and <u>have</u> a cup of tea?
要不要坐下來喝杯茶？

◈ You**'ll** <u>water</u> the flowers when I'm away, **won't** you?
我不在的時候你給這些花澆澆水行嗎？

◈ Who **will** <u>bell</u> the cat?
誰願為人甘冒生命危險？

◈ "**Will** you <u>marry</u> Helen?" "**Will** I? Certainly, I **will**."
「你願意娶海倫嗎？」「問我願意嗎？我當然願意。」

注：在 if 引導的條件子句中一般很少用表示未來的 will，但如果 will 表示「願意」時，就可以用，並可以提出請求。

◈ If you **won't** <u>help</u> us, all our plans will be ruined.
如果你不願意幫助我們，我們的一切計畫都會失敗。

◈ If you **will** allow me, I**'ll** see you home.
如果你願意的話，我願意送你回家。

◈ If you **will** sit down for a few moments, I **will** tell the manager you are here.
（＝Please sit down for a few moments and I will tell the manager you are here.）
如果你願意坐一下的話，我這就通知經理說你來了。

(三)will 用於各種人稱表示允諾、決心、一定、命令、威脅、囑咐，或表示執意要做某事；其否定式可表示「不一定或不會」等。

1. 表示允諾或決心。

◈ You **will** have your share.
你會得到你該得的。

◈ I **will** save her, no matter what danger I should face.
無論面臨什麼危險，我都一定要救她。

◈ I **won't** let you down.
我不會讓你失望的。

◈ I **will** try my best to help her.
我一定盡全力幫助她。

◈ I **won't** tolerate such behavior.
我不會容忍這樣的行為。

◈ He **will** never give up.
他絕不放棄。

2. 表示允許、命令。

◈ I **won't** have anything said against her.
　我不允許任何人說她的壞話。

◈ No one **will leave** the assembly hall before the meeting ends.
　散會之前，任何人都不許離開會議廳。

◈ You **will not** go out tonight. You **will** stay in and review your lessons.
　你今晚不許出去。你得待在家裡複習功課。

◈ You **will carry out** these instructions and report back this afternoon.
　你必須執行這些指示並在今天下午提出報告。

3. 表示警告、威脅或囑咐。

◈ You **will be punished** if you do this again.
　如果你再做這種事，就會受到懲罰。

◈ You **will be put** into prison unless you leave the gang at once.
　除非你立刻脫離黑道，不然就會被關進監獄。

◈ You **will be** careful.
　你一定要小心。

4. 表示執意要做某事，意指「偏偏要」、「硬要」。

◈ He **will comb** his hair at the table even if he knows I don't like it.
　他偏偏要在飯桌那兒梳頭，儘管他明明知道我討厭他這樣做。

◈ Why **will** you do the opposite of what I tell you?
　你為什麼總是跟我唱反調？

(四)用於第三人稱表示人的習性、傾向、習慣動作或事物的自然規律或功能。

1. 表示人或動物的習慣。

◈ He **will** often <u>stay up</u> all night.
他常常整夜不睡。

◈ He **will** <u>ask</u> silly questions.
他總是問些愚蠢的問題。

◈ Every morning the old man **will** <u>get up</u> early and <u>walk</u> five miles.
那個老先生每天早上都早起、散步五英哩。

◈ She **will** <u>sit</u> there for hours, waiting for her son to come home.
她總是坐在那裡幾個小時等待她的兒子回家。

◈ The dog **will** <u>bark</u> at strangers.
這隻狗會對著陌生人吠。

2. 表示人或事物的必然習性、傾向、人生哲理。

◈ Boys <u>will be</u> boys.
男孩子就是男孩子。

◈ Accidents **will** happen.
事故總是避免不了的。
(此為直譯,引申為「天有不測風雲,人有旦夕禍福)

◈ Things of that kind **will happen**.
這種事難免會發生。

◈ Love **will** <u>find</u> a way.
真情所至,金石為開/真愛無敵/有情人終成眷屬。

◈ Pride **will cause one to** fall.
驕者必敗。

◈ A drowning man **will clutch** at a straw.
落水求生，見草就抓。
（直譯：快溺死的人連一根稻草也會緊抓不放。引申：病急亂投
醫／飢不擇食）

3. 表示事物的自然規律。

◈ Being heated, water **will turn into** vapor.
水加熱後就會變成蒸汽。

◈ Oil **will float** on water.
油總是浮在水面上。

◈ Oil and water **will not mix**.
油和水不相融。

◈ Some animals **will not mate** in captivity.
有些動物圈養時不交配。

◈ Engines **won't run** without lubricants.
機器沒有潤滑油就不能運轉。

4. 表示事物的能力、功能，否定式表示「不能」。

◈ Do you think the trunk **will hold** all our clothes?
你認為這一箱裝得下我們所有的衣服嗎？

◈ This **will do** if there is nothing better.
要是沒有更好的，這個就行了。

◈ The back seat **will hold** three passengers.
後座可以坐三位乘客。

◈ Three yards of cloth **will** make a skirt and jacket.
三碼布夠做一條裙子和一件夾克。

◈ The car **will** go 100 miles an hour.
這輛車時速可達一百英里。

◈ The door **won't** lock.
這門鎖不上。

◈ The suitcase **won't** open.
這只手提箱打不開。

◈ The recorder **won't** play.
這錄音機不能播放。

◈ Square pegs **will not** fit into round holes.
方釘塞不進圓孔。

◈ Matches **will not** light if they are damp.
火柴要是潮濕了，就點不著。

(五)用於第二、三人稱表示說話人對未來或現在的猜測，意指「一定是」、「一定」，相當於 must。

◈ "Where is Mrs. Wilson?" "She **will** be at the headmaster's office."
「威爾森夫人在哪裡呢？」「她一定在校長室呢。」

◈ You **will** be Mrs. Johnson's daughter. You look just like your mother.
你一定是強森夫人的女兒。妳長得真像你的媽媽。

◈ You **will** remember Tom. He is over seventy now.
你一定記得湯姆吧。他現在已經七十多歲了。

◈ You should ask your brother. He **will** know.
你應該問你哥哥，他一定會知道。

◈ That **will** be the mailman at the door now.
現在在門口的一定是郵差。

◈ That **will** be Roland. I can hear him at the door.
一定是羅蘭。我聽到他在門口的聲音。

8.4 情態助動詞 would 的用法

情態助動詞 would 為 will 的過去式，多指現在、未來，也可指過去，主要用法如下：

(一)用以提出請求、問題、想法、看法，用 will 的語氣更婉轉、客氣、禮貌，用簡單式時，指現在或未來。

1. 用以提出請求、問題。

◈ **Would** you <u>pay</u> me in cash?
你付我現金好嗎？

◈ **Would** you <u>tell</u> me how to get to the nearest hospital?
能不能告訴我到最近的醫院怎麼走？

◈ **Would** you <u>mind</u> getting some water for me?
可不可以給我弄點水來？

◈ If you**'d** <u>wait</u> a moment.
請稍等。

2. 用以提出想法、看法。

◈ The boss **wouldn't** allow it.
老闆不會允許的。

◈ I **would** imagine the work will take about an hour and a half.
我猜想這個工作大概需要一個半小時。

◈ I **would** <u>say</u> he is a kind old man.
我說他是位慈祥的老先生。

◈ I **would** <u>think</u> she is fit for her office.
我認為她很稱職。

◈ I'm afraid she **would** never <u>agree</u>.
她恐怕絕不會同意。

(二)用以表示意願，可用簡單式指現在、未來，也可指過去。

1. 指現在或未來，可用於敘述句或假設語氣句。

◈ I **would** <u>like</u> to get a perm.
我想燙一下頭髮。

◈ I **would** <u>prefer</u> coming by myself.
我寧願獨自來。

◈ I **would** <u>be</u> happy to talk to her.
我很樂意和她談。

◈ I **would** <u>ask</u> you to cooperate with me.
我想請你和我合作。

◈ If she **would** <u>let</u> me, I **would** <u>do</u> it well.
如果她願意讓我做，我願意把它做好。

◈ If you **would** <u>sign</u> this agreement, I'll let you have the money at once.
如果你願意簽這份契約，我會立即把錢給你。

◈ He **would** <u>leave</u> the house in a mess.
這個家正值一片混亂時，他還是選擇離開。

2. 從上下文的語境中，可判斷 would 是用以指過去。

◈ He **wouldn't** let the doctor take his blood pressure.
他不肯讓大夫量血壓。

◈ No matter what happened, he **would not** say a word.
無論發生了什麼事，他都不會透露一個字。

◈ I **would** hate for him to think I was criticizing him.
我不想讓他覺得我是在批評他。

◈ It was raining hard, but none of us **would** stop working.
雨下得很大，但我們誰也不肯停止幹活。

◈ The old man **would** go out in spite of heavy rain.
儘管下著大雨，那老頭兒偏要出去。

◈ He said he **would** help me.
他說他願意幫助我。

3. 用完成式指過去假設。

◈ He **would** have done anything to make amends.
為了彌補錯誤，他什麼都願意做。

◈ If you **would** have done so, you might have succeeded.
如果你當初就這麼做，可能就成功了。

注：

　　1. 在 if 引導的條件子句中一般不用表示過去未來的 would，但 would
　　　 表示「願意」時，則可用此種方式提出請求。

　　　◈ If you **would** care to leave your name, we will get in touch with
　　　　 you as soon as possible.
　　　　 如果你願意留下名字，我們會儘快和您聯繫。

　　　◈ If you **would** be kind enough to sign this agreement, I'll let you
　　　　 have the money at once.
　　　　 如果您願意好心地在此協議上簽字，我會立刻把錢／款項給您。

　　2. would 偶爾還可表示「後來」的意思。

◈ The reporter came to Bagdad on January 28, 2003, and he**'d be killed** later one afternoon in a hotel by a bomb explosion.
這名記者在2003年1月28日到達巴格達，後來他於某天下午在一家飯店裡被炸彈炸死。

◈ Peter found happiness at last when he married for the third time in 1955. He **would** have two daughters with his new wife Elvira Gebhardt.
彼得終於在1955年第三次婚姻中找到幸福。他和妻子埃維爾拉蓋卜哈德特後來生了兩個女兒。

（三）用以表示過去的習慣、傾向。

◈ In this kind of situation, she **would** sit for hours without saying a word.
在這種情況下，她就會一言不發，坐上幾個小時。

◈ Sometimes he **would** come home very late.
他有時會很晚回家。

◈ It **would** rain on the day we chose for a picnic!
我們想去野餐的時候就會下雨！

（四）用以表示可能。

◈ But for my money that woman **would** have prosecuted him.
要不是我有錢／給錢，那個婦人就會起訴他了。

◈ I thought you **would** be here.
我就知道你可能會來。

◈ She **would** be twenty-eight when I first met her.
我第一次見到她時，她大概二十八歲。

◈ I don't know who that **would** be.
我不知道那會是誰。

注：would 可作及物動詞，由 would that 代替 How I wish，來引導受詞子句，表示「但願」、「希望」。would 前面的主詞 I 一般可以省略。

◈ **Would** that he listened to me.
他要是聽我的話就好了。

◈ **Would** that I could see her now.
希望我現在就能看見她。

◈ **Would** that I were young again.
但願我能重返年輕。

⑨ 情態助動詞 can, could 和 半情態助動詞（semi-auxiliary）be able to的用法

9.1 情態助動詞 can 和 could 的用法

can 的否定式為 can not 或 cannot，否定縮寫式為 can't。could 為 can 的過去式，其否定式縮寫為 couldn't。

(一)can/could 用以表示能力，意指「能」、「會」，或表示有足夠的自由、權利、時間、金錢做某事，意指「會」、「可能」、「可以」、「能」。

1. 表示「能力」(指「體力或智力的能力、必備的勇氣和決心或事物的性能」)。

◈ **Can** you lift the stone?
你能舉起這塊石頭嗎？

◈ A blind man **can not** judge colors.
盲人無法判別顏色。

◈ The old man **could** once run fast, but now he **can't** even walk very fast.
那個老人過去跑得很快，但是現在他連走都走不快。

◈ He raised a question. Nobody **could** answer it.
他提了一個問題，沒人答得出來。

◈ He **can** accept defeat without complaining.
他能夠毫無怨言地接受失敗。

◈ She **couldn't** stand the horrible weather there.
她受不了那裡可怕的天氣。

◈ I **could** give up my present pursuits without regrets.
我可以放棄現在的工作，毫不惋惜。

◈ The cinema **can** seat 2,000 people.
這電影院坐得下兩千人。

◈ This car **can** hold five persons.
這輛車能坐五個人。

◈ The stadium **can** be emptied in four minutes.
這運動場在四分鐘內就可以清場。

◈ The problem **can** be solved.
這問題是可以解決的。

◈ The river **could** easily breach the dyke, couldn't it?
這條河很容易決堤，是吧？

2. 表示獲得的知識和技能。

◈ He **can** speak English, French, German and Spanish, but he **can't** cook.
他會說英文、法文、德文和西班牙文，但他不會做飯。

◈ I **can** swim, but I **can't** swim as well as you.
　我會游泳，但是游得沒有你那麼好。

◈ I **could** drive a car at the age of fourteen.
　我十四歲就會開車了。

3. 和知覺動詞連用，can/could 雖仍表示「能」，但在譯為中
　文時常不譯出來。

◈ I **can't** hear a word.
　我一個字都聽不見。

◈ I listened but **could not** hear a sound.
　我聽了，可是什麼(聲音)都聽不見。

◈ Two eyes **can see** better than one.
　兩隻眼比一隻眼看得清楚。

◈ I thought I **could** smell something burning.
　我以為我聞到什麼東西燒焦了。

◈ You **can't** taste anything when you have a cold.
　人感冒的時候嘗不出味道。

4. 表示有足夠的自由、權利、時間、金錢做某事，意指
　「會」、「可能」、「可以」、「能」。

◈ **Can** you call back tomorrow?
　你明天可以回個電話嗎？

◈ We **can** call for you at nine.
　我們可以九點鐘來找你。

◈ I said I **could** go.
　我說過我能去。

◈ They walked because they **couldn't** <u>afford</u> to take a taxi.
他們走路去，因為他們坐不起計程車。

◈ I **can't** <u>afford</u> the time for it.
這時間我可花不起。

◈ Only the House **can** <u>originate</u> financial measures.
只有眾議院才能提出財政議案。

(二)用於猜測，意指客觀的可能性時，must 意指「一定」、「一定是」，只可用於肯定句，can, could 意指「可能」、「會」，用於肯定、否定或疑問句皆可。

◈ "Who's outside? **Can** <u>it be</u> Helen?"
"Helen **can't** <u>be</u> here. She's in the hospital."
「誰在外面呢？是海倫嗎？」
「海倫不可能在這裡。她住院了。」

◈ "I think he **must** <u>be</u> hungry."
"No, he **can't** <u>be</u> hungry. He **must** <u>be</u> thirsty."
「我看他一定是餓了。」
「他不可能餓。他一定是渴了。」

◈ The moon **cannot** always <u>be</u> full.
月亮不可能常圓。

◈ He said the news **could not** <u>be</u> true.
他說那消息不可能是真的。

◈ Even expert drivers **can** <u>make</u> mistakes.
即使很老練的司機也有可能會犯錯。

◈ It **could** <u>be</u> very cold when you get to Cairo.
你到開羅時，天氣可能相當冷。

◈ What **can** they <u>be doing</u>?
他們現在在做什麼呢？

◈ Where **can** she <u>have put</u> it?
她可能把它放在哪裡呢？

注：

1. can 或 could 的否定式和 possibly 連用，表示「絕不可能」。

◈ You **can't** <u>possibly run</u> a mile in two minutes.
你絕不可能在兩分鐘內跑一英里。

◈ You **couldn't** <u>possibly have</u> succeeded without me.
要是沒有我，你絕不可能成功。

2. can 或 could 可用以表示「某些時候特有的行為或狀態」。

◈ She **could** <u>be</u> very naughty at times.
她有時候很調皮。

◈ He **can** <u>be</u> very tactless sometimes.
他有時言行很不得體。

◈ Scotland **can** <u>be</u> very cold.
蘇格蘭要是冷起來還真冷。

◈ Sometimes she **can** <u>be</u> very friendly to me.
她有時候對我很好。

(三) 在疑問句或感嘆句中，可用以表示驚異、疑惑或不滿，意指「居然會」、「難道會」、「到底會」等。

◈ How **can** something like this <u>happen</u>?
怎麼會發生這種事呢？

◈ "Where **can** it <u>be</u>?" "It **may** <u>be</u> in the drawer."
「它究竟會在哪裡呢？」「或許在抽屜裡呢。」

◈ What **can** he <u>mean</u>?
他會是什麼意思呢？

◈ **Can** he <u>be</u> serious?
　難道他是當真的嗎？

◈ **Can** he still <u>be having</u> breakfast?
　難道他還在吃早餐嗎？

◈ **Can** she <u>have left</u> so early?
　難道她這麼早就走了嗎？

◈ Who **can** that <u>be</u>?
　那會是誰呢？

◈ How **could** you <u>be</u> so careless?
　你怎麼這麼粗心呢？

◈ You don't know how silly he **could** be.
　你不會知道他有多笨／能蠢到什麼地步。

(四)表示一定允許、允諾，包括良心或感情上的容許，以及權利，意指「可以」、「能夠」等。

1. 在英國多用 can，用於表示一定允許時，can, could, may 以及 might 常可互換，could 比 can 語氣客氣婉轉，但用 may 較正式，語氣婉轉，might 的語氣更客氣婉轉。在正式的用法與考試中仍常用 can 表示能力，may 表示一定允許，美式英文尤其常見。

◈ You **can** go, but you **may not** go.
　你可以走，但是不准走。

◈ **May** I <u>take</u> another week to submit the application?
　我可以過一個星期再交申請表嗎？

◈ "**Can/Could/May/Might** I <u>come</u> in?" "Certainly, you **can/may**."

「我可以進來嗎？」「當然可以。」

（簡答時不可說 ..., you could/might.）

◈ "**Can/May** I <u>smoke</u> here?" "No, you **can't/may** not."

「這裡可以吸煙嗎？」「不，不行。」

（在簡略回答中用 "..., you can't/may not." 是不客氣的說法，不宜對長輩或其他需要表示尊重的人）

◈ "**Can/Could/May/Might** I <u>have</u> some tea?"
"I'm afraid not."

「我能喝點茶嗎？」「恐怕不行。」

◈ You **can/may** <u>go</u> now.

你現在可以走了。

◈ The magazines **can't/may not** <u>be taken</u> out from the library.

請勿把雜誌帶出圖書館。

◈ You **can't/may not** <u>travel</u> first class with a third class ticket.

你不能用三等車廂的票坐頭等車廂。

◈ Anyone **can/may** <u>cross</u> the street here.

任何人都可以在此過街。

2. 指責任、良心或感情上的容許，以及被賦予的權利，意指「可以」、「能夠」等。

◈ We **can't** just <u>stand</u> by and <u>do</u> nothing.

我們不能袖手旁觀，什麼都不做。

◈ You **can** hardly <u>blame</u> him.
你可不能責備他。

◈ I **could not** <u>ask</u> him to do something like that.
我不能請他做這樣的事。

◈ I **couldn't** <u>ask</u> him directly. It would have been inappropriate.
我不能直接問他，這樣不太恰當。

(五)用以表示吩咐、命令。

◈ You three **can** <u>go</u> to plant the trees and water the flowers.
你們三個人可以去種樹澆花。

◈ You **can** <u>send</u> an e-mail to Mr. Hill.
你傳電子郵件給希爾先生。

(六)could 可用於假設語氣，用簡單式指現在，用完成式指過去。

　　1.用於假設條件句的主句或子句。

◈ If I **could,** I **would** be glad to go.
我要是能去，會很樂意去的。

◈ I **could** <u>have done</u> it if I had wished to do.
我當初如果認真去做，就能做到。

◈ He **could** <u>have passed</u> the exam if he had studied harder.
他要是再認真一點，考試可能就會及格。

◈ You **could** <u>have been</u> more careful.
你本來可以更仔細一些的。

◈ You **could** <u>have behaved</u> yourself better.
你本可以表現得好一些。

　　2.用以代替 can，較婉轉、客氣地提出請求、一定允許，只可
　　用於疑問句或間接疑問句中。

◈ **Could** I <u>come</u> round tomorrow?
我明天來拜訪好嗎？

◈ Do you think I **could** <u>have</u> a cigarette?
可以借根菸給我嗎？

◈ **Could** you <u>mail</u> the letter for me?
你能替我寄這封信嗎？

◈ **Could** I <u>interrupt</u> a moment?
我可以插句話嗎？

3. 用以代替 can，較婉轉、客氣地提出看法。

◈ I suppose you **could** <u>be</u> right.
我想可能是你對。

◈ I **could not** <u>be</u> so sure.
我不能那麼肯定。

◈ I **could** <u>go</u> and <u>help</u> him, if necessary.
必要的話，我可以去幫助他。

4. 用以提出建議或批評。

◈ We **could** <u>write</u> to the President.
我們可以寫信給總統。

◈ You **could** <u>report</u> to the police.
你可以報警。

◈ You **could** <u>phone</u> him.
你可以給他打電話。

5. 用以表示結果。

◈ I am so unhappy that I **could** <u>cry</u>.
我難過得想哭。

◈ What's for dinner? I **could** _eat_ a horse.
晚餐要吃什麼？我餓得要命。

◈ I **could** _have died_ laughing.
我簡直要笑死了。

(七)用於習慣用語

1.「cannot/could not（help/choose）but＋原形動詞」，表示「只好」、「只得」、「不得不」、或「忍不住」。

◈ We **could not but** cry upon hearing the sad news.
聽到那悲慘的消息，我們忍不住流淚。

◈ When the streets are full of melting snow, you **can't help but** get your shoes wet.
街上滿是溶雪時，鞋子一定會弄濕。

◈ When your country calls for your help, you **cannot but** go.
國家需要你的時候，國家有難、匹夫有責。

◈ We **can't but** _release_ him.
我們只好放了他。

2. "cannot/could not... too"，表示「絕不會太……」，「越……越好」。

◈ You **cannot** _praise_ him **too** _much_.
你再怎麼讚揚他也不為過。

◈ One **cannot** _be_ **too** _careful_.
你再怎麼小心都不為過。

◈ This **cannot** _be stressed_ **too** _strongly_.
這事再怎麼強調也不為過。

◈ I **cannot** speak **too** highly of his contribution.
我再怎麼樣稱頌他的貢獻也不為過。

◈ We **cannot** see **too** much of each other.
我們見面越多越好。

3. "cannot/could not help" 表示「沒有辦法」或「控制不住」。

◈ It **can't be helped**.
無能為力。／沒救了。

◈ I **can't help** it if he doesn't come.
他要是不來，我也沒辦法。

◈ They talked too much; they **couldn't help** themselves.
他們說太多了；他們也是不由自主的。

◈ She burst out laughing; she **couldn't help** herself.
她突然大笑起來，無法克制自己。

4. 「cannot/could not help ＋動名詞」，表示「不得不……」、「忍不住……」、「不禁」等。

◈ I **can't help** doing it.
我不得不這樣做。

◈ I **cannot help** suspecting.
我不能不懷疑。

◈ I **could not help** feeling sorry for him.
我不禁為他感到難過。

9.2 情態助動詞 can, could 與 be able to 的比較

　　be able to 也可看作情態動詞，在許多場合可和 can 或 could 互換，但也有例外的時候。

（一）can 和 be able to 用於現在式時，皆可表示能力，一般情況下可互換，但是 be able to 不如 can 常用。

◈ He **can't** vote.
He **isn't able to** vote.
他不能投票。

◈ She **can** read music.
She **is able to read** music.
她懂樂譜。

◈ I **can't** afford that much money.
I**'m not able to** afford that much money.
我出不起這麼多錢。

◈ Billy is only nine months old and he **can** already stand up.
Billy is only nine months old and he **is** already **able to** stand up.
比利只有九個月大，他已經能站了。

◈ The frog **can** jump three meters.
The frog **is able to** jump three meters.
這隻青蛙能跳三公尺遠。

注：如表示說話時正在發生的動作，一般用 can，而不用 be able to。

◈ Look! I **can** stand on my hands.
瞧！我能倒立。

（二）表示有足夠的自由、權利、時間、金錢在未來做某事，或談論現在決定未來能做某事，意指「可以」、「可能」、「會」、「能」時，可用 can 或 will be able to。

❖ **Can** you <u>pay</u> me what you owe me tomorrow?

Will you **be able to** <u>pay</u> me what you owe me tomorrow?

你明天可以還欠我的錢嗎？

❖ I think I **can** afford to buy a new house in three months.

I think I**'ll be able to** <u>afford</u> to buy a new house in three months.

我想三個月後我就買得起新房子了。

❖ She **can** <u>vote</u> next year.

She **will be able to** <u>vote</u> next year.

她明年就可以投票了。

❖ We **can** <u>talk</u> about that later.

We**'ll be able to** <u>talk</u> about that later.

那件事我們可以以後再談。

❖ We're too busy today, but we **can** <u>repair</u> your car tomorrow.

We're too busy today, but we**'ll be able to** <u>repair</u> your car tomorrow.

我們今天太忙，但是我們明天能修你的車。

(三) 表示未來的能力時，除了在由 if 等引導的條件子句中，可以用 can 外，其他情況都只可以用 will be able to。

1. 表示未來的能力時，一般不可用 can，只可用 will be able to。

❖ I think the patient **will be able to** <u>stand up</u> and <u>walk</u> next month.

我看這名病患下個月就能站起來並走路了。

◈ The child **will be able to** talk in another two months.
這個小孩再過兩個月就能說話了。

◈ I'm sure I**'ll be able to** speak good English in a year or two.
我確信一兩年後我就能說一口流利的英文。

◈ You **will be able to** pass the driving test the next time you take it.
你下次參加駕駛考試時，你將能通過。

2. 表示未來的能力時，只有在由 if 等引導的條件子句中，可用 can 代替 be able to。

◈ If you **can** pass your driving test next month, you **will be able to** visit us more often during the summer.
如果你下個月通過駕駛考試，今年夏天你就能更常來看我們了。

◈ If you **can** pass your driving test the first time, I'll be very surprised.
如果你第一次考駕照就能通過，我會很驚訝的。

◈ Unless you **can** run 100 meters in less than 9.9 seconds in the coming Olympic Games, you **won't be able to** win the race.
除非你在下一次奧運上能以不到九秒九時間跑完一百公尺，才能獲勝。

◈ She will marry you when you **can** get a good job next year.
你明年找到一個好工作時，她就會嫁給你。

(四)表示過去的一般能力，而非指某一具體的動作時，could 或 was/were able to 皆可用在肯定式或否定式，但 could 或 couldn't 較常用。

◈ He **could** swim five miles when he was a boy.
He **was able to** swim five miles when he was a boy.
他小時候能游五英里。

◈ She **couldn't** dance when she was in school.
She **wasn't able to** dance when she was in school.
She **was unable to** dance when she was in school.
她求學時不會跳舞。
(unable 可用於 be unable to 中，構成 be able to 的否定式，等於
be not able to)

◈ He **could** speak three languages by the age of seven.
He **was able to** speak three languages by the age of
seven.
他七歲時就能說三種語言。

◈ After trying again and again, I found I **could** swim.
After trying again and again, I found I **was able to** swim.
一試再試之後，我發現自己會游泳了。

◈ I **could** hold my breath for one minute under water.
I **was able to** hold my breath for one minute under water.
I **used to be able to** hold my breath for one minute under
water.
我過去能在水裡憋氣一分鐘。
(表示過去所具有的能力，還可由 used to be able to 代替 could)

(五)在表示過去成功完成某一動作時，一般不用 could，而用
was/were able to，但表示否定意義時，用 couldn't 或 wasn't/
weren't able to 皆可。如表示通過努力而得以做成某事時，
則須用「managed to 或 succeeded in＋動名詞」來表示。

◈ The troupe **was able to** <u>get</u> a grant for the project from a large corporation.
這個表演劇團成功地找到一家大公司來贊助它的計劃。

◈ Luckily, I **was able to** <u>get</u> the tickets yesterday.
幸好我昨天買到票了。

◈ The patient **was** soon **able to** <u>sit up</u> and <u>read</u>.
那個病人不久就能坐起來看書了。

◈ I ran after the bus, but **couldn't** <u>catch</u> it.
＝I ran after the bus, but **wasn't able to** <u>catch</u> it.
我追了公車但還是沒趕上。

◈ I **couldn't** <u>go</u> home by bus, so I took a taxi.
＝I **wasn't able to** <u>go</u> home by bus, so I took a taxi.
我不能坐公車回家，所以我搭計程車。

◈ The firemen tried hard, but they **couldn't** <u>rescue</u> Randolph from the top floor of the burning house.
＝The firemen tried hard, but they **weren't able to** <u>rescue</u> Randolph from the top floor of the burning house.
消防隊員盡了力，但他們沒能將藍道夫從失火的房屋頂樓救出來。

(六)can, could 只有現在式和過去式，而 be able to 可以有多種時態形式。

◈ **I'll be able to** <u>write</u> letters in German in another few months.
再過幾個月我就能用德文寫信了。

◈ I really thought I **wouldn't be able to** see you this week.
我本來真的以為我這個星期看不到你了。

◈ I **haven't been able to** get in touch with her.
我一直沒能連絡上她。

◈ I **have not been able to** go to school for a week.
我已經一個星期無法去上學了。

◈ She **had been able to** send home regularly 15 dollars a week to support her family.
她原本能每個星期定期寄十五美元回家貼補家用。

(七) be able/unable to 可有不定詞、動名詞和現在分詞的形式，並可和其他情態動詞連用，而 can, could 則不可。

◈ It would be nice **to be able to** retire earlier.
要是能早一點退休就好了。

◈ They seemed **to be able to** work together very efficiently.
他們似乎能一起工作地相當有效率。

◈ He appears **to be** quite **able to** teach.
他好像很會教書。

◈ He said he so much regretted **not being able to** help you.
他說他深感遺憾不能幫你。

◈ **Being unable to** free himself, he lay beneath the debris until rescued.
由於無法自己脫困，他在得救前一直躺在瓦礫下。

◈ The older child **should be able to** prepare a simple meal.
較大的孩子應該能做簡單的飯菜了。

◈ I **ought to be able to** live on my salary.
我應該能靠我的薪水生活。

◈ You **might be able to** persuade him.
你可能可以說服他的。

◈ The students **are going to have to be able to** play three different instruments.
這些學生將必須能夠彈奏三種不同的樂器。
（此例句中的 be able to 同時與 are going to 和 have to 連用）

(八)現代英文中雖然偶爾可見到 be able to 用於被動式，如在 TOEFL(托福)中曾有如下的句子：“A good auditorium will assure that the sound is able to be heard from every seat.”(好的禮堂能保證在座每個聽眾都能聽到聲音)但現在仍有文法學家認為 be able to 不可用於被動式，因此宜盡力避免用於被動式。

1. 認為下列句中的 be able to 宜改為 can/could，或改為「be capable of being＋過去分詞」：

◈ The problem **was able to be solved**. （有爭議）
＝The problem **could be solved**. （普遍認同）
＝The problem **was capable of being solved**. （普遍認同）
這問題能解決。

◈ The mistake **is able to be corrected**. （有爭議）
＝The mistake **can be corrected**. （普遍認同）
＝The mistake **is capable of being corrected**. （普遍認同）
這錯誤能改正。

2. 主張用「get＋oneself＋過去分詞」的結構來表示被動的含義，和 be able to 連用，使主詞更具有主動作用。

◈ He **was able to get himself accepted** by a top law school.
　他成功地使一所頂尖法學院接受他。

🔟 情態助動詞 may 和 might 的用法

　　may 的否定式為 may not，其縮寫式為 mayn't。 might 的否定式為 might not，其縮寫式為 mightn't，may 和 might 的否定縮寫在英式英文中較常見。

(一)may 可表示「可能」，指說話人所推測的可能是真實的或可能變為真實的，相當於"It is possible that..." 和 "perhaps/possibly"。might 除用於主要子句的述語動詞為過去式的間接敘述句中，為 may 的過去式以外，在其他場合用以指對現在的或過去的推測時，通常非 may 的過去式，一般來說，might 較 may 有較高的不確定性，或用以使口氣更為婉轉，常可代比 may，而且較 may 更常用。

1. may 或 might 和不定詞的簡單式和原形動詞連用，用以表示對現在或未來的推測。

◈ She **may/might** not be there now.
　她現在可能不在那裡。

◈ He **may/might** be a spy.
　他可能是間諜。

◈ We **may/might** get there before it rains.
　我們或許能在下雨前到達那裡。

◈ I'm afraid she **may/might** lose her way.
　恐怕她可能會迷路。

◈ It **may/might** be worth thinking about.
　這可能值得考慮。

◈ He **may/might** never come again.
　他可能永遠不再來了。

◈ It **may/might** be that he is right.
　他可能是對的。

◈ A fool **may** give a wise man counsel.
　傻子也可能給聰明人建議。

◈ I'm afraid that it **may/might not** be true.
　恐怕這或許不是真的。

◈ The paper says it **may/might** rain tonight.
　報紙說今晚可能會下雨。

◈ That **may/might or may/might not** be true.
　那可能是實情，也可能不是。

◈ He **might** get here in time, but I can't be sure.
　他可能及時到這裡，不過我不能肯定。

◈ She **might** succeed, but it's very unlikely.
　她或許能成功，但可能性很低。

2. may 或 might 和「have＋過去分詞」連用，用以表示對過去
　的推測。

◈ I don't know what they **may/might** have done.
　我不知道他們可能做了什麼。

◈ You **may/might** have left your passport in the office.
　你可能把你的護照忘在辦公室了。

◈ He **may/might** have replied to that letter.
　他可能已回了那封信。

◈ He **may/might not** have known it beforehand.
　他事前可能不知道此事。

◈ She **may/might** have taken it home.
　她或許把它帶回家了。

3. may 或 might 和「be＋現在分詞」連用，用以表示對正在或
　將要發生之事的推測。

◈ I **may/might** be coming back in the fall.
　我可能秋天會回來。

◈ She **may/might** be bringing a few friends home with her.
　她可能會帶幾個朋友回家。

◈ He **may/might** be waiting for you.
　他可能正在等你呢。

4. may 或 might 和「have been＋現在分詞」連用，用以表示對
　過去持續發生的情況的推測。

◈ She **might** have been doing research work at that time.
　她那時候或許在進行一項研究工作。

◈ He **might** have been joking with you then.
　他那時可能在和你開玩笑。

◈ He **might** have already been working for six hours
　straight.
　他可能已持續工作六個小時了。

5. might可用於假設句中，主要用於條件句的主要子句中，表示與事實相反的「可能」，有時還可用於其他假設句中。

◈ If you tried again, you **might** succeed.
　　如果你再試一次，或許會成功。

◈ If I had known, I **might** have attended the dance.
　　要是我早知道，我可能就會參加舞會了。

◈ This **might** have cured your cough, if you had taken it.
　　這藥可能已經治好了你的咳嗽，如果你有吃的話。

◈ If she were there, she **might** be able to help you.
　　如果她在那裡，她也許能幫助你。

◈ If it had not rained yesterday, he **might** have come.
　　要是昨天沒有下雨，他也許會來。

6. might 作為 may 的過去式，用以表達時態的一致，可用於主要子句述語動詞為過去式的間接敘述句中，表示「可能」、「或許」、「會」、「能夠」等。

◈ I thought he **might** be right.
　　我本來認為他可能是對的。

◈ I said it **might** be true.
　　我說過那或許是真的。

◈ I feared that he **might** have fallen asleep.
　　我怕他可能已經睡著了。

◈ I hoped that he **might** pass the exam.
　　我本來希望他能通過考試。

◈ He wished he **might** marry her.
　　他希望他能夠娶她。

注：除 may, might 外，還可用 can/could, must, have to, will/would, should, ought to 等情態助動詞及 likely, possible/possibly, probable/possibly及 perhaps 等形容詞或副詞表示「可能」或「必定」。

◈ He **may be** there.

　　他可能在那裡。

　　（表示可能，但不肯定）

◈ He **might be** there.

　　他可能在那裡。

　　（表示可能，但不如 may 肯定）

◈ He **could be** there.

　　他可能在那裡。

　　（表示可能）

◈ Even experienced politicians **can make** mistakes.

　　即使是很老練的政治家也有可能犯錯。

　　（只表示有此可能性）

◈ **Can** he **be** there?

　　他可能在那裡嗎？

　　（can 用於yes-no 疑問句，多表示不相信有某種可能性）

◈ He **ought to/should be** there.

　　他應該在那裡。

　　（表示可能，但 ought to/should 還可表示「應該」，會產生歧義，表示可能時不如 may, might, could 常用）

◈ He **must be** there.

　　他一定在那裡。

　　（表示必然，語氣肯定）

◈ He **can't** be there.
他不可能在那裡。
（表示不可能，語氣肯定）

◈ He **couldn't** be there.
他不會在那裡。
（表示不可能，語氣不如 can't 肯定）

◈ This **has to** be the best movie of the year.
這無疑是今年最好的影片。
（has to be 表示必定，較 must 的語氣更強）

◈ He **will** be there.
他一定在那裡。
（表示必然，語氣肯定）

◈ He **would** be there at that time.
他那時一定在那裡。
（表示必然，語氣肯定）

◈ It is **possible** that it **will** rain today.
＝It **will possibly** rain today./**Perhaps** It **will** rain today.
今天可能會下雨。
（形容詞 possible 和副詞 possibly, perhaps 皆表示可能，但不肯定）

◈ It is **probable** that it **will** rain today./It **will probably** rain today.
今天很可能會下雨。
（形容詞 probable 或副詞 probably 皆表示很可能或大概，語氣較 possible 或 possibly 肯定）

◈ He **is likely to <u>be</u>** there.

＝He **<u>will likely</u>** be there.

他可能在那裡。

（likely 作形容詞或副詞用，皆表示很可能，但不肯定）

（二）may 或 might 皆可表示「允許」、「許可」，用以詢問或說明某一件事「可不可以做」，相當於 be allowed to 或 be permitted to，口語中常可以 can 或 could 代替。might 表示此意時，除用於主要子句的述語動詞為過去式的間接敘述句中時，為 may 的過去式外，在其他場合一般都不是 may 的過去式，只是較 may 口氣婉轉些。

1. may 或 might 可用於徵求對方的「允許、許可」或「同意」，簡答時雖可用 may，但為了客氣些，以免口氣過於嚴峻，最好避免用 may。

◈ "**<u>May/might</u>** I <u>go</u> out?" "Yes, you **may**."

「我可以出去嗎？」「好的，可以。」

◈ "**<u>May/Might</u>** I <u>call</u> on you tonight?" "Yes, **please do**."

「我今晚可以來拜訪你嗎？」「請來吧。」

◈ "**<u>May/Might</u>** I <u>leave</u> a message?" "**Certainly**."

「我可以留言嗎？」「當然可以。」

◈ "**<u>May/Might</u>** I <u>make</u> a suggestion?" "**<u>Of course</u>**."

「我可以提出建議嗎？」「當然可以。」

◈ "**<u>May/Might</u>** I <u>smoke</u> here?" "**Please don't**."

「我可以在這裡抽菸嗎？」「請不要抽。」

2. 用以說明對某一件事的「允許」、「許可」、「可不可以做」。

◈ You **may** leave now.
你可以走了。

◈ You **may not** smoke in the office, but you **may** in the corridor.
你不可以在辦公室抽煙，但可以在走廊上抽煙。

◈ You **may** keep the book for two weeks.
這本書你可以借兩個星期。

◈ No one **may** enter without a ticket.
沒有票的人不可以入場。

◈ The king **may** do nothing without Parliament's consent.
沒有國會的同意，國王什麼事也不能做。

3. might 作為 may 的過去式，用以表達時態的一致，在主要子句述語動詞為過去式的間接敘述句中表示「允許」、「許可」等。

◈ I said she **might** go.
我說過她可能去。

◈ The boss told me you **might** work here.
老闆告訴我你可以在此工作。

在以上的句子裡，might 也有「可能」的意思。

(三)might 可用於敘述句中表示「婉轉的請求、要求或建議」。

1. 表示「請求、要求」。

◈ You **might** just call in at the supermarket for me.
幫我去一趟超級市場吧。

◈ You **might** mail the letter for me.
幫我寄這封信吧。

◈ You **might** just <u>give</u> me a cup of tea.
你只要給我一杯茶就行了。

◈ You **might** <u>turn down</u> the radio. Mother is sleeping.
把收音機調小聲一點。媽媽在睡覺。

2. 表示建議。

◈ It **might** <u>be</u> a good idea to wait and see.
等著瞧，說不定是個好主意。

◈ I thought we **might** <u>go</u> outing on Sunday.
我想我們星期日可以出去玩。

◈ They **might** be wise to stop advertising on television.
他們停止在電視上廣告也許是明智之舉。

(四)may 或 might 可用於由 that, so that, in order that 引導的表目
的之副詞子句中，表示「以……」、「以便……」等。

◈ I'll start early tomorrow so that I **might** <u>catch</u> the flight.
我明天要早起以趕飛機。

◈ I gave Mary thousands of dollars in order that she **might**
<u>take</u> a trip to Europe.
我給了瑪麗幾千美元讓她去歐洲旅行。

◈ We work that we **may** <u>live</u>.
我們為生活而工作。

◈ He takes every precaution that he **may not** <u>fail</u>.
他在各方面都預先留意，以免失敗。

◈ He practiced every day so that he **might** <u>win</u> the match.
他每天訓練以求贏得比賽。

（五）用於表示讓步的副詞子句中。

◈ Whatever **might** happen, he was determined to do it.
無論發生什麼事，他下定決心要做。

◈ <u>Come</u> what **may**, I will go and help her.
不管會發生什麼，我都要去幫助她。

◈ Whoever **may** <u>say</u> so, it's not true.
不管是誰說的，都不是真的。

◈ You must observe the customs here whatever they **may be**.
不管這裡的習俗是什麼，你都必須遵守。

◈ However dangerous it **may be**, I must investigate the case.
不管有多危險，我都一定要調查此案。

◈ <u>Try</u> as I **might/may**, I couldn't lift the stone.
無論我使多用力也搬不起這塊石頭。

（六）might 用於對過去做的不當的事表示輕微責備，意指「應該」等，較 should, ought to 婉轉些。

◈ You **might** at least <u>offer</u> to help.
你至少應該表示幫助的意願。

◈ You **might** at least <u>apologize</u>.
你至少應該道歉。

◈ You **might** at least <u>say</u> thank you when someone helps you.
別人幫助你時，你至少應該說聲謝謝。

◈ You **might** <u>have told</u> me beforehand.
你事前早該告訴我的。

◈ You **might** <u>have been</u> more careful.
　你應該更仔細些。

◈ You **might** <u>have considered</u> her feelings.
　你早考慮她的感受。

(七)May 可表示「祝願」，用於祈使句。

◈ **May** you <u>have</u> a pleasant journey!
　祝你旅途愉快！

◈ **May** you <u>live</u> to an old age.
　祝你長壽。

◈ **May** your dreams <u>come</u> true.
　祝你夢想成真。

◈ **May** he <u>rest</u> in peace.
　祝他安息。

◈ **May** you <u>return</u> in safety!
　祝你平安歸來！

(八)用於習慣用語

1. "may/might as well" 表示「最好」、「還是……的好」，「不妨」、「可以」等，後接原形動詞。

◈ You **<u>may as well</u>** <u>go</u> with her.
　你不妨和她一起去。

◈ Since it is a fine day we **<u>might as well</u>** walk.
　既然天氣晴朗，我們還是走路好。

◈ If that's the case, I **<u>may as well</u>** try.
　果真如此的話，我試一試也好。

◈ "Shall we sit here?" "We **may as well**."
「我們坐在這裡好嗎？」「也好。」

◈ You **may as well** agree.
你還是同意的好。

◈ Since nobody else wants the job, we **might as well** let him have it.
既然沒有別人要做這份工作，不妨讓他去做吧。

2. "may/might as well... as..." 表示「等於」、「和(做)……一樣」、「還不如」等，後接原形動詞。

◈ You **might as well** throw your money into the sea **as** lend it to him.
你與其把錢借給他，還不如把錢扔到海裡去。

◈ One **might as well** be hanged for a sheep **as** (for) a lamb.
(＝If the penalty for a more serious offence is no greater than that for less serious one, one **might as well** continue to commit the more serious one.)
(諺)偷大羊是死罪，偷小羊也是死罪。(重罪不重罰，犯輕罪者會索性犯重罪。)

◈ You **might as well** kill me **as** make me to give up smoking.
你讓我戒煙還不如殺了我呢。

◈ One **may as well** not know a thing at all, **as** know it imperfectly.
知道的不完全，還不如完全不知道。

3. "may/might..., but..." 表示「雖然……，但是……」、「或許……，但是……」、「儘管……，然而」，可表示對現

在或過去的推測，表示說話者雖說可能，但仍持有相反的
看法，或將所表示同意的某種實際情況和更重要的事情對
比。

◈ You **may not** believe it, **but** it is true.
　你也許不相信它，但它卻是千真萬確。

◈ He **might** help me, **but** I don't expect it.
　他或許會幫助我，但我對他不抱期望。

◈ He **might** have gone, **but** he preferred to remain.
　他是可以去的，但他寧願留下來。

◈ He **might** be a jerk, **but** he is as quick-witted as a fox.
　他可能是個討厭的人，但是他聰明得像黃鼠狼似的。

◈ You **may** call him a genius, **but** you cannot call him a man
of character.
　你可以說他是天才，但不能說他是個有德之士。

◈ They **might not** have two cents to rub together, **but** at
least their lifestyle is different.
　他們或許身無分文，但他們至少有不同的生活方式。

◈ He **may** be over seventy, **but** he hasn't forgotten much.
　他或許七十多了，但他忘記的事不多。

◈ That **may** be so, **but** I doubt it.
　或許如此，但我仍存疑。

4. "may/might well"表示「多半會」、「很可能」、「很有理
由」、「大可以」或「不妨」，後接原形動詞。

◈ He **may well** be proud of his feat.
　他很有理由以他的功績為榮。

◈ We lost the football match, but we **might well** <u>have won</u> if one of our players hadn't been hurt.
我們輸了這場橄欖球，但如果我們的一個隊員沒受傷的話，我們很可能會贏。

◈ You **may well** <u>ask</u> him.
你不妨去問他。

◈ Judging from every respect you **may well** call him a scholar.
從各方面看來，你很有理由稱他為學者。

◈ You **may well** <u>say</u> so.
你說得很有理。

11 情態助動詞 must 和 have to 的用法

11.1 情態助動詞 must 的用法

must 的否定式為 must not，否定縮寫式為 mustn't。其主要用法如下：

(一)must 可表示義務、必要，意指「必須」、「應該」、「一定要」等。

1. 表示法令、規章的要求或道義上、職業上的義務等。

◈ Everyone **must** <u>obey</u> the laws.
每個人都必須遵守法律。

◈ Soldiers **must** <u>obey</u> orders.
軍人必須服從命令。

◈ In America and many other countries, traffic **must** keep to the right.
在美國和其他許多國家，車輛必須靠右行駛。

◈ You **must** pay the tax.
你必須付這筆稅。

◈ Applicants **must** have received high marks on the TOEFL.
申請者托福必須考高分。

◈ You **must** show your pass to the guard when you enter the building.
進入大樓時須向警衛出示通行證。

◈ We **must** keep our word.
我們必須信守諾言。

◈ As a teacher, you **must** love your students.
身為教師，你必須愛學生。

2. 表示出於其它需要。

◈ We **must** eat to live.
我們必須為了生存而吃。

◈ Your left leg **must** be cut off.
你的左腿必須切除。

◈ Being a housewife in a poor family, you **must** be industrious and frugal.
作為窮人家的主婦，妳一定很勤儉。

◈ You're not looking well. You **must** go to see the doctor.
你氣色不好，一定要去看醫生。

◈ I **must** go now. My girlfriend is waiting for me at the park.
我得走了。我的女朋友在公園等著我呢。

◈ I **must** have my hair cut. It's too long.
我必須理髮。頭髮太長了。

◈ You **must** work hard if you want to be promoted.
你若是想升官，就得努力工作。

3. 表示說話者的命令、吩咐或強烈的勸告。

◈ You **must** leave the office at once.
你必須立刻離開辦公室。

◈ You **must** take the medicine after meals 3 times a day.
你必須每天飯後服藥，一天三次。

◈ You **must** hand in your composition before school tomorrow.
你們必須在明天上課前交作文。

◈ The truck **must** be unloaded right now.
這台卡車必須現在卸貨。

◈ You **must** marry and establish a family of your own.
你應該結婚建立自己的家庭。

◈ You **must** go and see your parents on the weekend.
你這個週末應該去看你父母。

4. 表示說話者的決心或強烈的意願。

◈ You **must** compensate her for her loss or you will be punished.
你必須賠償她的損失，不然就會受罰。

◈ I **must** ask you your name.
我一定要問你的姓名。

◈ You **must** <u>pay</u> the bill at once.
你必須立刻付款。

◈ You **must** at least <u>let</u> me know where he is.
你至少必須讓我知道他在那裡。

◈ He **must** <u>apologize</u> before I forgive him.
他必須道歉，我才會原諒他。

◈ Such things **mustn't** <u>be allowed</u> to happen anymore.
不能允許這樣的事情再度發生。

注：

1. must 用於肯定式時可表示「必須」，其否定式一般表示「不一定」、「不許」。如表示「不必」、「不須」、「用不著」時，須用 don't have to 等。

    ◈ You **must** <u>pay</u> the money, but you **don't have to** <u>do</u> so at once.
    你必須付這筆款項，但不必馬上付。

    ◈ "**Must** I stay here with you?" "Yes, you **must**."
    「我必須和你一起待在這裡嗎？」「是的，一定要。」

    ◈ "Need you go so early?" "Yes, I **must**."
    「你需要這麼早走嗎？」「是的，非走不可。」

    ◈ "**Must** he come?" No, he **doesn't have to**."
    「他一定要來嗎？」「不用，他不必來。」

2. must 表「必須」過去時，多用於間接敘述句或受詞子句中，以及某些從上下文中可以看出時間為過去的語境。

    ◈ Mother <u>told</u> me that I **must** <u>do</u> as I was told.
    媽媽對我說我必須照她吩咐的去做。

    ◈ I <u>said</u> I **must** <u>leave</u>, but I stayed.
    我說過我一定要離開，但我還是留下來了。

    ◈ She <u>said</u> she **must** see Mr. Smith.
    她說她一定要見史密斯先生。

◈ I <u>wondered</u> if I **must** <u>do</u> that for him.
　 我不知道我是否需要為他做那件事。

◈ On the other side of the wood was a field that he **must** <u>cross</u>.
　 森林的另一邊有一片他必須穿過的田野。

◈ We are not allowed to retreat. We **must** <u>march</u> forward.
　 我們不許撤退,我們必須前進。

3. 除了第 2 點所指的情況外,must 一般不可用於過去時態(尤其不可
和明確表示過去的時間副詞連用),欲表示 must 的過去式時,須用
had to 代替。表示「不得不」、「得」、「只好」等強調客觀需要
的意思時,只可用 had to。

◈ I **had to** <u>stay</u> at home yesterday.
　 昨天我不得不待在家裡。

◈ We **had to** <u>be</u> there before eight that morning.
　 那天早上我們得在八點以前到達那裡。

◈ I missed the last bus, so I **had to** walk home.
　 我沒有趕上末班巴士,所以只好走回家。

4. 表示必要時,本動詞有時可以省略。

◈ We **must** (**be**) away for the day.
　 我們今天非出去不可。

◈ Do so if you **must**.
　 如果你非這樣做不可的話,就做吧。

◈ What? You can't come? Oh, but you **must**, you really **must**.
　 什麼?你不能來?噢,你一定要來,你非來不可。

(二)must 的否定式 mustn't 用於表示禁止或勸告,意指「不一
定」、「不許」、「一定不要」、「不可」等。

◈ Cars **must not** <u>be parked</u> here.
　 此處不可以停車。

◈ We **must** never <u>steal</u>.

我們絕對不能偷竊。

◈ You **mustn't** <u>walk</u> on the grass.

你不許在草地上行走。

◈ You **mustn't** <u>forget</u> to bring your passport.

你千萬不要忘記帶護照。

◈ You **mustn't** touch her.

你不可以碰她。

◈ You **mustn't** <u>gamble</u> or <u>take</u> drugs.

你不可以賭博或吸毒。

注：除 mustn't 外，表示「不允許」、「不能」或「禁止」的情態助動詞或動詞的形式有 can't, may not/mayn't, be not allowed to, be not permitted to, be forbidden to, be prohibited (from), be not to do, shan't 等，和由 don't 開頭的及由「No＋動名詞」構成的否定祈使句等。

◈ You **can't/may not/shan't** <u>leave</u> this city over the next three months.

＝You **are not allowed to** <u>leave</u> this city over the next three months.

＝You **are not permitted to** <u>leave</u> this city over the next three months.

＝You **are forbidden to** <u>leave</u> this city over the next three months.

＝You **are prohibited from** <u>leaving</u> this city over the next three months.

你接下來三個月內不許離開這個城市。

◈ Smoking **is** strictly/absolutely **prohibited**.

嚴禁吸煙。

◈ You **are not to** <u>smoke</u> here.

你不要在這裡吸菸。

◈ **Don't** smoke!
　不要吸菸。

◈ **No** smoking!
　禁止吸菸！

(三)must 可以表示推斷、猜測，意指「肯定」、「必然」、
　　「一定」、「一定得」等，較 may 的語氣更肯定。

　1.「must＋原形動詞」表示對現在情況的推斷或表示某種必
　　然性。

◈ He **must** be very rich.
　他一定很富有。

◈ He **must** be mad.
　他一定發火了。

◈ You **must** be hungry after your long walk.
　你走了那麼久的路，一定餓了吧。

◈ You **must** be Mr. Scott — I was told to expect you.
　您一定是史考特先生吧——有人跟我說你會來。

◈ We **must** conclude from the work of those who have
　studied the origins of life, that given a planet only
　approximately like our own, life is almost certain to start.
　我們從那些研究生命起源的著作中，可推斷出：只要有一顆行星
　有和地球大致相似條件的話，幾乎就能肯定那裡會有生命誕生。

◈ He **must** always have his own way.
　他必定會照著自己的意思去做。

◈ One **must** die sooner or later.
　人早晚會死。

◈ These oranges **must** be sour.
　這些柳橙一定是酸的。

2. 「must＋be＋現在分詞」表示對現在正在進行的情況的推斷。

◈ You **must** be joking!
你一定是在開玩笑吧！

◈ She **must** be staying with her mother today.
她今天一定是和她媽媽一起住。

◈ He **must** be enjoying himself at Disneyland.
他現在一定在迪士尼樂園自個兒玩得很開心呢。

3. 「must＋be＋現在分詞」還可表示對即將發生的未來情況的推斷。

◈ George **must** be coming back tomorrow.
喬治肯定明天回來。

◈ She **must** be returning tonight.
她肯定今天晚上回來。

◈ There will be an important meeting here next week. Mr. Wilson **must** be arriving soon.
下星期這裡有個重要會議，威爾森先生肯定很快就到了。

4. 「must＋have＋過去分詞」表示對過去情況的推斷。

◈ It **must** have rained yesterday.
想必昨天下過雨了。

◈ He **must** have been mad.
他那時候一定發火。

◈ He **must** have known what she wanted.
他當時一定知道她想要的是什麼。

◈ Charley **must** have come from Oxford.

查理一定是從牛津過來的。

(be from＝來自什麼地方；have come from＝從哪裡過來的)

◈ I can't find my wallet. I **must** have lost it when I was buying the movie ticket.

我的皮夾不見了。我一定是在買電影票的時候弄丟了。

5. 「must＋have been＋現在分詞」表示對過去正在進行情況的推斷。

◈ The ground is all wet. It **must** have been raining when we were watching the movie.

地上全濕了。我們看電影的時候一定在下雨。

◈ He sat there quietly. He **must** have been thinking about something.

他坐在那裡一言不發。一定是在想什麼事。

◈ He **must** have been watering flowers in the garden when you phoned.

你打電話的時候，他一定是在花園裡澆花。

6. must 也可用於表示推斷、猜測的假設句中。

◈ If the cake is not on the table, he **must** have eaten it.

如果蛋糕不在桌上，一定是他吃掉的。

◈ Alice married somebody else. Tom **must** have gone nuts.

愛麗絲嫁給別人了，湯姆一定抓狂了。

◈ If he had been there, my friend **must** have seen him.

如果他去過那裡，我朋友一定看過他。

注：

1. must 表示推斷、猜測時，一般用於肯定句。表示否定意義時多用 can't/cannot。

◈ "I think John **must be arriving** here in half an hour." "He **can't be arriving** here so soon. I heard the flight was delayed by three hours."
「我想約翰半小時後一定能到這裡。」「他不可能這麼快到。我聽說班機延遲了三個小時。」

◈ It **must be** false—surely it **cannot be** true.
一定是假的──絕不可能是真的。

◈ "I think George **must have married**."
"No, he **can't have married**. He hasn't had a girl friend yet."
「我想喬治肯定結婚了。」
「不，他不可能結婚。他還沒有交過女朋友呢。」

◈ "The lights are on. Mr. Green **must be** at home."
"No, he **can't be** at home. I saw him driving to the airport about ten minutes ago."
「燈亮著，格林先生一定在家。」
「不，他不可能在家。十分鐘前我看見他開車去機場了。」

◈ His absence **must not have been noticed**.
一定沒有人注意到他缺席。

注：在美式英文，乃至現代英式英文中偶爾也可以用 must not，此用法並愈來愈受到人們喜愛，但不宜用於正式的考試中。

◈ I haven't heard Molly moving about. She **mustn't be** awake yet. Her alarm **mustn't have gone** off.
我沒有聽到莫莉的動靜。她一定還在睡覺。她的鬧鐘一定還沒響。

2. 在疑問句中表示推斷、猜測時，不可用 must，須用 can。

◈ Where **can** she **be** now?
她現在會在哪裡呢？

◈ **Can** it <u>be</u> true?
　這會是真的嗎？

◈ **Can** she <u>have said</u> something like that?
　她可能說過那種話嗎？

　3. 在附加問句和否定疑問句中，可用 mustn't 表示猜測。

◈ She must be at home, **mustn't** she?
　她一定在家，是不是？

◈ **Mustn't** she <u>feel</u> lonely there?
　她在那裡不會感到寂寞嗎？

（四）表示做令人不愉快或令人困惑的事，意指「偏要」、「非得」、「硬要」等。

◈ Why **must** she <u>be</u> so nasty to me?
　為什麼她偏要對我這麼兇？

◈ **Must** you <u>shout</u> so loudly?
　你就非得的喊這麼大聲嗎？

◈ Why **must** you <u>give</u> her so much money?
　你為什麼非要給她那麼多錢呢？

◈ I don't know why she **must** <u>marry</u> him.
　我不知道她為什麼非要嫁給他。

◈ Whenever I focus on writing my paper, the telephone **must** <u>ring</u> again and again.
　當我專心寫論文的時候，電話偏偏響個不停。

◈ Just when I was busiest, he **must** <u>come</u> to bother me.
　我正忙得要命的時候，他偏來煩我。

◈ Why **must** it always <u>rain</u> on the weekend?
　為什麼總偏偏是在週末下雨？

11.2 半情態助動詞 have to 的用法

(一)have to 和 must 都可表示「必須」，在許多場合常可互換。
must 強調主觀意志，表示「一定要」、「必須」、「應
該」等。 have to 強調客觀需要，表示「必須」、「得」、
「不得不」、「只好」等義。have to 有各種時態形式，其
變化形式與本動詞 have 的變化規則相同，而且有不定詞和
動名詞形式，其主要用法如下：

1. 現在式 have to/has to 指現在或未來。

◈ I **have to** go now.
　我現在得走了。

◈ I **have to** get up early tomorrow.
　明天我得早起。

◈ You **have to** take a rest.
　你得休息一下。

◈ I **have to** pay, because my child broke the shop's glass
　door.
　這筆錢我必須付，因為我的孩子打破了這家店的玻璃門。

◈ He **has to** be punished.
　他必須受罰。

◈ She **has to** be there at eight.
　她八點得到那裡。

◈ All kinds of difficulties **have to** be overcome.
　各種困難都必須克服。

2. 在英式英文中 shall/will have to 指現在或未來，在美式英文中只用 have to 指現在或未來。

◈ I **shall have to** go to the dentist today.
我今天得去看牙。

◈ One of them **will have to** leave the company, either Dick or Edgar.
他們當中有一個人將得離開公司，不是迪克就是艾德格。

◈ You **will have to** come tonight.
你今晚得來。

◈ I**'ll have to** be going now.
我現在得走了。

3. 現在完成式 have/has had to 指過去某時持續到現在或已存在的狀況。

◈ These past two days, I **have had to** take a rest.
這兩天我不得不休息。

◈ This is a fact that he **has had to** acknowledge.
這是他不能不承認的事實。

4. 進行式 be having to 指目前或當時。

◈ He's lost almost all of his money gambling. He**'s having to** sell his villa.
他幾乎賭輸了所有的錢。他現在得賣他的別墅了。

◈ People **are having to** boil their drinking water during this emergency.
在這樣的緊急狀況下，人們必須把他們的飲用水煮沸。

◈ I had the distinct impression that she **was having to** force herself to talk.

我清楚地記得她那時還需要逼自己說話。

◈ Please tell my family that I**'ve been having to** spend some time with my colleagues discussing an important case.

請告訴我的家人，我必須花一些時間和我的同事們一起討論一件重要的案子。

5. 過去完成式 had had to 指過去某時之前。

◈ These were the things that he **had had to** send back.

這些就是他不得不送回來的東西。

◈ He said he **had had to** borrow ten thousand pounds to buy a new car after the traffic accident.

他說在那場車禍之後，他不得不借了一萬英鎊買了一輛新汽車。

6. have to 有時需用假設語氣，或和情態助動詞 may/might 或 must 連用。

◈ If I **had to** marry her, I should have guarreled with her everyday.

要是我一定得娶她，我會每天和她吵架。

（美式英文會以 would 代替 had to）

◈ If she would come to see me, I **should have to** prepare a good dinner to entertain her.

如果她願意來看我，我就得準備一頓好料招待她。

◈ If she had come here, I **should have had to** invite her to dinner.

要是她到這裡來了，我就得請她吃飯。

◈ If Rosa hadn't given me a lift, I **would have had to** walk home.
如果羅莎不讓我搭她的車，我就得走路回家了。

◈ If you became a painter, you **might have to** have a larger room.
你要是成為畫家，你可能就需要有一間較大的房間。

7. have to 可以有不定詞 to have to 和動名詞 having to 兩種形式。

◈ I'm sorry **to have to** repeat this warning.
很抱歉我不得不重複這警告。

◈ I loathe **having to** wash dishes all day.
我討厭整天洗餐具。

◈ **Having to** leave her family, she went away weeping.
不得不離開家人，她哭著走了。

◈ **Having to** compile the book alone, I wanted to spend all of my time on it.
由於必須獨自編纂這本書，我想投入所有時間。

(二)have (got) to 可以表示推斷、猜測，較 must 語氣強，意指「必定」，「毫無疑問」，「肯定」等，有時候會接進行式，用以緩和語氣。

◈ This **has to** be the best movie of the year.
這毫無疑問是今年最好的影片。

◈ There **had to** be some solution to the problem.
那時必定有解決這問題的辦法。

◈ There **has to** be some kind of way out.
　肯定有擺脫困難的辦法。

◈ That **has to** be the biggest lie ever told.
　那肯定是我聽說過最大的謊言。

◈ Today **doesn't have to** be the last day of our vacation.
　今天不一定是我們假期的最後一天。

◈ Someone **has to** be telling lies.
　一定有人撒謊。

◈ You **have to** be joking.
　你一定是在開玩笑。

(三)have to 和 have got to 皆可表示「必須」、「必定」等，但
　　二者的用法不盡相同。

　1. 用於現在式指現在或未來，表示一次性的動作時，have to
　　　和 have got to 可以互換，但 have got to 在美式英文中不用
　　　於過去時態，在英式英文中也罕用於過去時態。

◈ I **have (got) to** be there by noon.
　我必須在中午前到那裡。

◈ I **haven't (got) to** be there by noon.
　我不必中午前到那裡。

◈ There **has (got) to** be a first time for everything.
　凡事都有第一次。

◈ He **had to** borrow twenty thousand dollars to pay the tax.
　他不得不借兩萬美元繳稅。

◈ They **didn't have to** pay taxes.
　他們不需要繳稅。

◈ She **didn't have to** worry about her family.
她那時不必為家庭操心。

2. 表示習慣性的動作時，特別是和頻率副詞連用時，只可用 have to ，不可用 have got to 。

◈ We **don't have to** work on weekends.
我們週末不必工作。

◈ She usually **has to** be at the office by eight o'clock.
她通常必須在八點前到辦公室。

3. have to 之前可加助動詞和某些情態助動詞，並且可用於進行式或完成式中，而 have got to 則不可。

◈ I **shall have to** help him as much as I can.
我必定會盡我所能的幫助他。

◈ I **may have to** leave early.
我可能要先走。

◈ We **might have had to** do this.
我們當初可能得做。

◈ During the flood we **were having to** boil our drinking water.
水災期間，我們一定要把飲用水煮開。

◈ If she had come here, I **should have had to** invite her to dinner.
要是她到這裡來了，我就得請她吃晚餐。

◈ If you had done that, we **would have had to** arrest you.
要是你那時做了那件事，我們就不得不逮捕你了。

◈ The administration **has had to** make unpopular decisions.
行政當局不得不做出不得人心的決定。

4. 在口語中，have got to 中的 got to 常唸作 gotta，而 have 有時會予以省略，如 "I gotta go." 或 "I've got to/gotta go."（我得走了）

◈ You gotta be careful these days.
這些日子你得小心點。

◈ You **got to** take a good rest.
你得好好休息。

(四) 構成 have to 的否定式和疑問式有兩種方法：

1. 一般情況下，只用助動詞 do 來構成 have to 的否定式和疑問式，既可表示一次性的動作，又可表示習慣性的動作。

◈ If you're doing it for my sake, you **don't have to do** it.
如果你是為了我而做，那就不必了／大可不必。

◈ He **doesn't have to** go there.
他不必去那裡。

◈ They **didn't have to** worry about money.
他們不必為金錢操心。

◈ **Do** we **have to do** things like that?
我們非得做那種事情嗎？

◈ **Does** she **have to marry** him?
她一定得嫁給他嗎？

◈ **Do** I **have to answer** this question?
我必須回答這個問題嗎？

◈ <u>**Do**</u> you <u>**have to work**</u> for a man like that?
　你一定得為這樣的人工作嗎？

2. 在舊式英文文法中，have to 可不用 do 即形成否定式和疑問式，即不借助 do 構成 have to 的否定式和疑問式，僅可表示一次性的動作，但較少使用，尤其是"(you)＋haven't to" 的否定結構更少使用。

◈ We <u>**haven't to**</u> <u>go</u> shopping today.
　我們今天不必去購物。

◈ You <u>**have not to**</u> <u>say</u> so.
　你不用那麼說。

◈ He <u>**hasn't to**</u> <u>go</u> there.
　他不必去那裡。

◈ <u>**Have**</u> you <u>**to leave**</u> so soon?
　你一定得這麼早走嗎？

◈ When <u>**have**</u> you <u>**to be**</u> there?
　你得什麼時候到那裡？

⓬ 情態助動詞 dare 的用法

　　情態助動詞 dare 一般只用於否定句、疑問句及具有否定意義的句子，或由 if 等引導的子句中，表示「敢」、「敢於」、「竟敢」、「膽敢」等。dare 的否定式為 dare not，否定縮寫式為 daren't；罕用的或文學語言的過去式為 dared，否定式 dared not。

（一）情態助動詞 dare 用於否定句、疑問句和肯定簡答句中。

◈ I **dare not** speak to her.
我不敢和她說話。

◈ He **dare not** ask the boss for a rise.
他不敢要求老闆加薪。

◈ "**Dare** he come?" "No, he **daren't**."
「他敢來嗎？」「不，他不敢來。」

◈ "You **daren't** speak English in front of foreigners, **dare** you?" "Yes, I **dare**."
「你不敢在外國人面前說英文，對吧？」「不，我敢說。」

◈ How **dare** you say such a thing?
你怎麼敢說這樣的話？

（二）情態助動詞 dare 可用於其他具有否定意義的句子中。

◈ I don't believe he would **dare** do it again.
我認為他不敢再犯了。

◈ I never **dared** say so before.
我以前從來不敢這麼說。

◈ Nobody **dared** lift their eyes from the ground.
大家都不敢抬眼。

◈ No soldier **dare** disobey his order.
沒有士兵敢違抗他的命令。

◈ I hardly/scarcely **dare** go there again.
我簡直不敢再去那裡了。

◈ Only one man **dared** enter the burning building.
只有一個人敢進去那棟失火的大樓。

◈ He **dared** <u>do</u> nothing。
他什麼都不敢。

◈ That's all that he **dare** <u>say</u>.
他不敢說別的。

(三)情態助動詞 dare 可用於由 if 或 whether 引導的子句或其他子句中。

◈ If she **dare** <u>travel</u> by herself, she can go.
她如果敢自己去旅行，就可以去。

◈ I wonder whether he **dare** <u>speak</u> in public.
我不知道他敢不敢公開演講。

◈ I wonder if he **dare** <u>bother</u> you again.
我不知道他敢不敢再煩你。

◈ I won't buy a motorcycle for you, unless you **dare** <u>ride</u> it.
我不會買摩托車給你的，除非你敢騎。

◈ I won't allow you to climb the tall tree, even if you **dare** <u>do</u> it.
即使你敢爬那棵大樹，我也不准。

(四)情態助動詞 dare 可指現在或未來，指過去有兩種表示方法，還可和的完成式連用。

1. 指現在及包括現在在內的經常性的動作。

◈ She **daren't** <u>go</u> out alone at night.
她晚上不敢單獨出去。

◈ **Dare** you tell us what you are thinking?
你敢跟我們說你在想什麼嗎？

2. 指未來。

◈ We'll see whether you dare strike her again.
我們等著看看，你是否敢再打她。

◈ I don't think he **dare** revenge himself on his enemy in the future.
我認為他以後不敢找敵人報仇。

3. dare 可直接和表示過去時間的動詞連用，以表示過去式。

◈ He <u>told</u> me he **dare not** <u>go</u> to see her.
他告訴我他不敢去看她。

◈ They all kept silent and they **dare** <u>say</u> nothing.
他們都保持沈默，什麼都不敢說。

◈ He was in such a temper that I **dare not** <u>speak</u> to him.
他那麼生氣，我不敢跟他說話。

◈ The king was so hot-tempered that no one **dare** <u>tell</u> him the bad news.
國王脾氣暴躁，誰也不敢把壞消息告訴他。

4. 用 dared 表示過去。

◈ How **dared** you **talk** to me like that?
你竟敢那樣對我說話？

◈ She **dared not** <u>tell</u> the truth.
她不敢說實話。

◈ He **dared not** <u>strike</u> her again.
他不敢再打她了。

5. daren't 可和不定詞的完成式連用，表示「不敢」、「不會膽敢……」。

◈ I **daren't** <u>have done</u> it yesterday, but I think I **dare** now.
　我昨天不敢做，但是我現在敢。

◈ He **daren't** <u>have said</u> such things to his parents.
　他不敢對他的父母說那樣的話。

◈ He **daren't** <u>have called</u> her names if she had been Secretary of State.
　如果她是國務卿的話，他就不敢罵她了。

注：dare 作本動詞時，也可表示「敢」、「敢於」、「竟敢」、「膽敢」等，可用於各種時態，後面可接原形動詞或 to V（不定詞）；dare 也可有現在分詞形式，多用於肯定句、否定句、疑問句或各種子句中。在現代英文中，常用本動詞 dare。

◈ This little boy **dares** <u>(to) touch</u> the earthworm.
　這個小男孩敢摸蚯蚓。

◈ **Doesn't** he **dare** <u>to speak</u> before strangers?
　他在陌生人面前不敢說話嗎？

◈ She **dared** <u>(to) walk</u> the tightrope without a net.
　沒有防護網，她還是敢走鋼索。

◈ He **didn't dare** <u>to move</u>.
　他不敢動。

◈ She **has** never **dared** <u>to bother</u> him.
　她從來不敢麻煩他。

◈ He **had** never **dared** <u>to ask</u> her to go out with him before their marriage.
　他在他們結婚前一直不敢請她一起去約會。

◈ The man **will** never **dare** <u>to come</u> and <u>disturb</u> you again.
　那名男子永遠都不敢再來打擾你了。

◈ They**'d** never **dare** to privatize the national parks, would they?

他們絕對不敢把國家公園民營化，對吧？

◈ She shook her head again, **not daring** to speak.

她再次搖搖頭，不敢說話。

（dare 作現在分詞時，其後只能 to V）

13 情態助動詞 ought to 的用法

ought to 的否定式為 ought not to，縮寫式為 oughtn't to。ought 後面一般接不定詞，在簡答或美式英文的否定句及疑問句中，to 可以省略。

(一) ought to 表示責任或義務，還可用以勸告，意指「應該」、「應當」，在大多數情況下可和 should 互換，但 should 比較常用，ought to should 的語氣比較強，但不像 must(必須) 那樣具有強制性。

◈ You **ought to** finish it on time.

你應該按時完成。

◈ You **ought to** say you are sorry.

你應該說對不起。

◈ You **ought to** be ashamed.

你應該感到羞恥。

◈ Teachers **ought to** be honored.

老師應當受到尊重。

◈ Such things **ought not to** be allowed to happen again.
不該允許這樣的事情再次發生。

◈ You **ought not (to)** talk too much.
你不應當說太多。

◈ "**Ought** I **to** do it?" "Yes, I think you **ought (to)**."
「我應該做那件事嗎？」「是，我覺得應該。」

◈ "**Ought** she **(to)** go there?" "No, she **oughtn't (to)** go there."
"她應該去那裡嗎？" "不，她不該去那裡。"

◈ You **ought to** see her new film.
你應該去看看她的新電影。

(二) ought to 可和 should 互換，表示非常可能，用於猜測，意指「應該」、「總該」，「理應」等，但不似 must 或 have to 所表示的「必然」、「肯定」或「毫無疑問」等語氣那麼肯定。

◈ She **ought to** know his address.
她理應知道他的地址。

◈ Dinner **ought to** be ready by now.
晚飯現在總該準備好了吧。

◈ He **ought to** be there by now.
現在他應該到那裡了。

◈ According to my calculations the distance **ought to** be eighty miles.
據我估計，距離大概有八十哩。

◈ The money **ought to** be enough for us to travel.
這筆錢應該夠我們旅行了。

(三)ought to 還可銜接完成式，表示「本應該……，但是卻未……」、「本來就應該」或在口語中表示惋惜未能實現的願望，意指「……才好」。

1. 表示「本應該……，但是卻未……」。

◈ You **ought to** have finished it yesterday.
你應該昨天完成才對。

◈ It **ought to** have been done long ago.
很早以前就該做完的。

◈ You **ought not to** have gone to see him.
你本來就不應該去看他。

◈ She **ought to** have arrived by this time.
她這時候應該已經到了。

2. 表示「本來就應該……」，不含否定意義。

◈ Henry and Alice got married yesterday. People said they **ought to** have done so.
亨利和愛麗絲昨天結婚了。人們說他們早該結婚了。

◈ He **ought to** have left his old house a week ago, as he actually did; for a plane crashed onto it five days ago.
他應該在一星期前離開他的舊家，而他也的確離開了；因為五天前有架飛機墜毀在他的舊家。

3. 在口語中，可表示惋惜未能實現的願望，意指「要是……就好」。

◈ I **ought to** have gone on that outing with you.
我要是你們一起去郊遊就好了。

◈ I **ought to** have seen her new film.
我要是去看她的新片就好了。

(四) ought to 可指現在，亦可指未來。

◈ You look very tired. You **ought to** have a good rest.
你看起來很累，應該好好休息。

◈ We **ought to** go back to headquarters at once.
我們應該立刻回去總部。

◈ The job **ought to** be finished by next Monday.
這項工作應於下週一以前完成。

◈ These trees **ought to** bear fruit in five years.
這些樹五年後應該就會結果了。

(五) ought to 後接「be＋現在分詞」，指「現在未做該做的事」，
其否定式表示「正在做不該做的事」或「將要做的事」。

◈ You **ought to** be wearing seat belts, but you aren't.
你應該繫安全帶，但是你沒有。

◈ You **oughtn't to** be making so much noise. Father is working.
你不應該這麼大聲嚷嚷。父親在工作呢。

◈ You **oughtn't to** be smoking so much.
你不應該抽這麼多菸。

◈ It's already dark out. I **ought to** be going.
天黑了，我該走了。

◈ Supper is ready. We **ought to** be eating now, not watching television.
晚飯準備好了，我們現在該吃飯了，而不是看電視。

◈ We **ought to** be hearing from him soon, then.
照理說我們很快就會收到他的信了。

（六）ought 在間接敘述句中表示過去時間時，其形式不變。

◈ He told her she **ought to** leave there as soon as possible.
他跟她說她應該儘快離開那裡。

◈ He felt he **ought to** have some exercise.
他覺得他應該做點運動。

◈ He wondered whether he **ought to** write to her.
他不知道是否應該寫信給她。

14 情態助動詞 used to 的用法

used to 表示「過去的習慣或狀態，現在已經不復存在」，只會出現在過去時態中。used to 既可用作功能詞，又可和助動詞 do 連用。情態助動詞 used to 中的 used 的讀音為 ['just]，本動詞 use 的過去式 used 的讀音為 [juzd]。

（一）used to 沒有現在式，只會出現在過去時態中。

◈ I **used to** go to the beach when I was a child.
我小的時候常去海灘。

◈ People **used to** think that the earth was flat.
人們以前認為地球是平的。

◈ She **used to** drive to work.
她過去常常開車上班。

◈ She <u>said</u> she **<u>used to</u>** go to church.
　她說她過去常去做禮拜。

(二) used to 的否定式和疑問式分別有幾種不同的形式：

1. 在古典或正統的用法中（主要在英式英文中），used to 的
否定式為 used not to，縮寫式為 usedn't to 或 usen't to；以
used 和主詞倒裝的方法構成疑問式。但此種用法現已很少
見。

◈ You **<u>usedn't/used not to</u>** <u>smoke</u>.
　你過去並不吸煙。

◈ You **<u>used to</u>** <u>drink</u> wine, **<u>usedn't/usen't</u>** you?
　你從前喝葡萄酒，對吧？

◈ There **<u>used to</u>** <u>be</u> a cinema here, **<u>usedn't/usen't</u>** there?
　這以前這裡有一個電影院，對吧？

◈ **<u>Used</u>** you **<u>to</u>** <u>go</u> there?
　你過去常去那裡嗎？

◈ **<u>Used</u>** you **<u>to</u>** <u>know</u> him?
　你以前認識他嗎？

2. 現在口語、非正式的用法和美式英文中，會以助動詞 do 的
肯定或否定過去式 did 和 didn't 構成 used to 的否定式或疑
問式，或用於述語的省略。used 還可用 use 代替，把 use 看
作原形動詞。

◈ **<u>Did</u>** he **<u>used to</u>** <u>live</u> in New York?
　他過去住在紐約嗎？

◈ You **<u>didn't used/use to</u>** <u>smoke</u>.
　你過去沒有吸菸。

◈ There **used to** be a cinema here, **didn't** there?
這裡從前有一家電影院，對吧？

◈ She **used to** live nearby, **didn't** she?
她過去住在附近，對吧？

◈ "**Did** you **used/use to** play bridge?" "Yes, **I did/used to.**"
「你過去會打橋牌嗎？」「是的，我過去會打。」

◈ "**Did** she **used/use to** come and see you?" "No, she **didn't/didn't use to.**"
「她過去會來看你嗎？」「不，她過去不會來看我。」

◈ He **used to** teach in this university and so **did I**.
他從前在這所大學任教，我也是。

3. 有人覺得借助於 didn't 構成 used to 的否定式不妥，而用 never 來否定 used to 則沒有爭議。

◈ I **never used to** get up early on Sundays, but I do now.
我過去在星期天從來不早起，但是現在會了。

◈ He **never used to** tell lies.
他過去從來不說謊。

(三) used to 和 would 二者用法的異同：

1. 表示過去習慣的動作，used to 常可代替 would，口語中比 would 更常用，但表示偶爾、短暫或不時發生的動作，只能用 would。

◈ He **used to/would** come to see me every day.
他以前每天都來看我。

◈ We **used to/would** go swimming on Sundays when we were at college.
我們讀大學的時候，習慣每週日去游泳。

◈ When I worked on a farm, I always **used to** get up at 5 a.m.
When I worked on a farm, I **would** always get up at 5 a.m.
我在農場幹活時，總是早上五點鐘起床。

◈ He **would** cycle to school on fine days and **would** take the bus only when the weather was bad.
他以前天氣好的時候會騎車上學，只有天氣不好的時候才坐公車。

2. used to 除可表示過去習慣的動作外，還可表示過去存在的狀態，而 would 則無此功能。因此表示狀態的本動詞 be, have, live 等，只可和 used to 連用。

◈ Mr. Scott **used to** be an officer.
史考特先生過去是軍官。

◈ Actresses **used to** be very reluctant to wear tight corsets.
以前的女演員非常不情願穿緊身衣。

◈ I **used to** have a beard, but I've shaved it off.
我過去留鬍子，但現在把它剃了。

◈ I **used to** live in San Francisco.
我過去住在舊金山。

3. 表示現在和過去的對比時，可用 used to，不可用 would。

◈ This street isn't what it **used to** be.
這條街今非昔比。

◈ These men don't work hard as they **used to**.
這些人不像過去那樣努力工作了。

◈ He doesn't drink as much as he **used to**.
他不像以前喝得那麼多酒了。

◈ He **used to** grow roses in the garden, but he grows vegetables there now.
他過去在花園裡種玫瑰，但現在在那裡種菜。

◈ He **used to** drink beer, now he drinks wine.
他過去喝啤酒，現在喝葡萄酒。

4. used to 可用於 there be 結構和非人稱 it 做主詞的句子中，而 would 不可。

◈ There **used to be** five big pine trees near the bus station.
此公車店附近以前有五棵大松樹。

◈ There **used to** live a fisherman in the small cottage.
過去有個漁夫住在這個小茅舍裡。

◈ It **used to** be said that love will find a way.
過去人們常說「真情所至，金石為開。」

◈ It **used to** be thought that the earth was flat.
過去人們常常認為地球是平的。

5. 表示由於客觀因素影響而發生的動作須用 used to。帶有主觀意願的動作則多用 would。would 亦可用於偶爾發生的動作，並可和可省時間副詞連用，而 used to 不可以。

◈ When he lived in Moscow, he **used to** suffer from chilblains in winter.
他住在莫斯科時，冬天常常患凍瘡。

◈ When I worked for a farmer, I **used to** walk to town.
我為一個農夫幹活時，常常走路進城。

◈ We **used to** work in the same company.
我們過去在同一家公司工作。

◈ He **would** keep telling those dreadful stories.
他專門愛講那些可怕的故事。

◈ He **would** sit there for hours sometimes, doing nothing at all.
他有時候在那裡一坐就好幾個小時，什麼事都不做。

◈ He **would** spend hours in the bathroom or on the telephone.
他以前一進浴室或講電話，往往就要好幾個小時。

6. 敘述或回憶過去的故事情節時，不可用 would 開頭，而要先用表示過去的動詞或 used to 描述背景，再用 would 陳述。

◈ When we were at school, we always **spent/used to** spend our holidays on a farm. We**'d get up** at 5 and we**'d help** milk the cows. Then we**'d come** back to the farm kitchen, where we**'d eat** a huge breakfast.
我們求學時常到農場度假。我們總是五點起床，幫忙擠牛奶，然後回到農場的廚房，吃一頓豐盛的早餐。

◈ We **used to** swim every day when we were children. We **would** run down to the lake and jump in.
我們小的時候每天游泳。我們總是朝那座湖跑去並跳進去。

7. used to 和 would 都不可以與表示次數狀語連用。如在下面句子中的過去式動詞，都不可用 used to do 或 would do 來代替：

◈ We **went** to Hong Kong six times when we were children.
我們小時候去過香港六次。

◈ I **went** to France seven times.
我去過法國七次。

(四)情態助動詞 used to 與 be used to，本動詞的過去分詞 used＋
to do 的區別：

1. 情態助動詞 used to 表示「現在已經不復存在的過去習慣動
作或狀態」，其後只可接原形動詞。

◈ This is the house where we **used to** live.
這就是我們曾住過的房子。

◈ It **didn't used/use to** be taxable.
從前這是不課稅的。

2. be used to 表示「習慣於」，其中 used 是形容詞，to 是介系
詞，其後可接名詞、代名詞或動名詞，偶而 be used 之後還
可接不定詞，用於不同的時態。

◈ One of my neighbors always makes a lot of noise, but I
am used to it.
我的一個鄰居總是發出很多噪音，但我已習慣了。

◈ She**'s quite used** to hard work.
她挺習慣做困難的工作。

◈ I**'ve been used** to working overtime every day for a long
time now.
我長久以來已經習慣每天加班了。

◈ I**'m used** to going about alone.
我習慣獨來獨往。

3. 本動詞的過去分詞 used＋to do 表示用處，但不及 used for 常用。

◈ Inland canals **are used** to ship farm and factory goods to nearby towns or seaports.
　＝Inland canals **are used** for shipping farm and factory goods to nearby towns or seaports.
　內陸運河用來將農場和工廠的貨物運往附近的城鎮或海港。

◈ What**'s** this tool **used** for?
　這個工具是用來做什麼的？

15 其他半情態助動詞的用法

　　除已單獨講述的半情態助動詞 have to, be able to 外，had better, had rather/would rather, had sooner/would sooner, be going to, be to, be about to 等半情態助動詞也很常用。

15.1 半情態助動詞 had better 的用法

　　had better 的縮寫為 'd better，常用於美式口語中，也可將 had 省略，只用 better。had best 是 had better 的加強語，與 had better 的意義和用法相同，但現已很少使用。

（一）（had）better 後面必須接原形動詞，表示「最好」、「以……為宜」或「應該」，通常用於某一特定的場合，而不用於一般情況，有時還可以將 better 置於 had 之前，用以加強語氣。

◈ You **had better** <u>see</u> a doctor.

你最好去看醫生。

◈ The matter **had better** <u>be left</u> as is for now.

此事最好暫時維持現狀。

◈ You**'d better** <u>go</u> before it rains.

你最好在下雨前動身。

◈ I thought I **had best** <u>have</u> your opinions first.

我本來想最好先聽聽你們的意見。

◈ You **better** <u>stop</u> arguing and do as you're told.

你最好別爭了，就照吩咐的去做吧。

◈ **Better** <u>say</u> "yes", if anybody asks you.

如果有人問你，你最好說「是」。

◈ "I'll tell him the truth." "You **had better**."

「我要把真相告訴他。」「最好如此。」

◈ He said I **had better** hurry.

他說我最好快一點。

(二) had better 的否定式，not 要置於 had better 和原形動詞之間。

◈ We **had better not** <u>disturb</u> her.

我們最好不要打擾她。

◈ You**'d better not** <u>remain</u> here.

你最好不要繼續待在這裡。

◈ **Better not** <u>wait</u> for them.

最好別等他們。

◈ You**'d better not** <u>ask</u> her about it.

你最好不要問她這件事。

◈ He warned me that I **had better not** say anything about that.

他警告我對此事最好隻字不提。

◈ You **had better not** stay at home every day.

你最好別每天待在家裡。

（有點警告的感覺）

（三）had better 的否定疑問式有「hadn't＋主詞＋better」和「had ＋主詞＋not＋better」兩種，但所表示的意思不同。肯定式 不可用於 yes-no 疑問句中，但可用於 wh- 疑問句中。

◈ **Had** you **better not** take him upstairs?

你最好不要帶他到樓上去，不是嗎？

◈ **Hadn't** you **better** take him upstairs?

你最好帶他上樓，不是嗎？

◈ **Had** we **better not** go?

我們最好別去，不是嗎？

◈ **Hadn't** we **better** go?

我們最好去，不是嗎？

◈ **Hadn't** we **better** lock the door?

我們最好鎖上門，不是嗎？

◈ **Hadn't** you **better** go with her?

你最好和她一起去，不是嗎？

◈ **Hadn't** you **better** ask her first?

你最好先問一下她，不是嗎？

◈ He **had better** retire, **hadn't** he?

他最好退休，不是嗎？

◈ What **had** we **better** do?
　我們最好該做什麼？

(四)had better 後面可接進行式，表示「最好立即做某事」。

◈ I suppose I **had better** be leaving.
　我想我該走了。

◈ You**'d better** be getting your clothes ready.
　你最好把你的衣服準備好。

◈ "We**'d better** be going." "Yes, we**'d better**."
　「我們該走了。」「是啊，我們該走了。」

(五)had better 後面可接的完成式，用於假設語氣，表示「過去要是……就好了」、「那時候最好……」。

◈ You **had better not** have said anything.
　你當時要是什麼都沒說就好了。

◈ We **had** far **better** have bought the other one.
　我們要是買另一個該有多好。

◈ You **had better** have stayed here.
　你當時要是待在這裡就好了。

(六)had better 雖常譯作「最好」，但在主詞為 you 時，you'd better 會比 you should 或 you ought to 的語意更強，有時帶有告誡、催促或威脅的意味，因而並非客氣、婉轉的提出建議或勸告的方法。和長輩、上司或客人說話時要避免使用 you had better，宜改用其他表達方法。

　1. had better 雖可用於一般的勸告或建議，但有時帶有告誡、催促，甚至威脅的意味。

◈ You**'d better not** miss the last bus.
（＝I advise you not to miss the last bus.）
你最好不要誤了最後一班公車。（＝我勸你不要誤了最後一班公車。）

◈ You**'d better** go by air.
（＝It would be best for you to go by air.）
你最好搭飛機去。

◈ You **had better** give up smoking.
你最好戒菸。

◈ You**'d better not** overtake here!
你最好不要在這裡超車！

◈ You**'d better** leave here at once, or I'll throw you out of the window.
你最好馬上離開這裡，不然的話，我就把你扔去窗外。

◈ He warned me that I **had better not** report what happened to the police.
他警告我最好不要報警。

2. 提出建議或勸告時應用較客氣、婉轉的語氣，宜改用下列表達方法。

◈ I **suggest** you go to see your parents tomorrow.
我建議你明天去看看你的父母。

◈ You **might try** to be a little more punctual in future.
以後你可以稍微準時一點兒。

◈ I **wish** you wouldn't smoke anymore.
我希望你不再吸菸。

◈ I **hope** you won't say anything about this.
我希望你對這件事隻字不提。

15.2 半情態助動詞 had rather/would rather 的用法

（一）美式英文用 had rather，而英式英文或正式用法中則常用
would rather（在此 would 用於所有人稱，不可用 should 代
替），通常用縮寫式 'd rather 表示「寧願」或「寧可」。had/
would sooner 與 had/would rather 同義，但後者較為常見。

1. had/would rather 後接原形動詞可指現在或未來，表示「寧
　 願」、「寧可」、「真願意」、「希望」等。

◈ I **would rather** come later.
我寧願晚點來。

◈ Henry invited me to the movies, but I said I **would rather**
go on a picnic with the girls.
亨利邀請我去看電影，但我說我寧願和女生一起去野餐。

◈ I **had rather** be a doorkeeper.
我寧可當守門人。

◈ I**'d rather** go to the opera with you, but I really have no
time.
我很想／寧可跟你去看歌劇，可是我實在沒時間。

2. had/would rather 後接完成式，指過去，表示「寧願」、
　 「要是……就好了」等。

◈ If she'd had the chance, she**'d rather** have lived 100
years ago.
有可能的話，她寧願生活在一百年以前。

◈ "Did you send her a cheap gift?"

"Yes, but I**'d rather** <u>have sent</u> her an expensive one."

「你送了她一件便宜的禮物嗎？」

「是的，但我本來希望可以送她貴重的禮物。」

◈ "Did you go to the dance yesterday evening?"

"Yes, but I**'d rather** <u>have stayed</u> home and read."

「你昨晚去參加舞會了嗎？」「是的，但是我寧願待在家裡看書。」

3. had/would rather 還可後接 be 動詞原的進行式，指現在正在做某事，表示現在「寧願」、「真願意」、「希望」等。

◈ She's learning philosophy, but I really don't know what she**'d rather** <u>be doing</u>.

她正在學哲學，但我實在不知道她還想做什麼。

◈ I**'d rather** <u>be sleeping</u> at home than be listening to his lecture here.

我寧願在家裡睡覺也不願現在在這裡聽他講課。

（二）敘述句中，had/would rather 本身一般沒有否定式，not 須放在原形動詞之前，但卻否定對方的談話或建議時，可用 wouldn't rather。

◈ I **would rather** <u>not go</u>.

我寧可不去。

◈ I **had rather** <u>not accept</u> your offer.

我寧願不接受你的提議。

◈ I **would rather** <u>not do</u> it.

我寧可不做。

◈ I **had/would rather** <u>not drink</u> anything.
　我寧可什麼都不喝。

◈ "Some more wine?" "Thank you, I**'d rather** <u>not</u>. I have to drive home."
　「再來點酒好嗎？」「謝謝，我不能再喝了。我還得開車回家呢。」

◈ Would you like that? Don't hesitate to say no if you**'d rather** <u>not</u>.
　你想要那個嗎？不想要的話就直接說不。

◈ "Have some ice cream, please."
　"I **wouldn't rather have** some ice cream. I**'d rather** <u>have</u> a cup of tea."
　「請吃冰淇淋吧。」「我不要吃冰淇淋。我想喝杯茶。」

(三)疑問式可以有肯定或否定式，否定疑問式須用 wouldn't 開頭。在肯定簡答時，只可用 would，不可用 would rather，在否定簡答時，則要用 would rather not 或 would not。

◈ "**Would** you **rather** <u>say</u> something?" "No, I **would (rather) not**."
　「你想說什麼嗎？」「不，我不想。」

◈ "**Would** you **rather** <u>buy</u> this one?" "Yes, I **would**."
　「你比較想買這個嗎？」「是的，我想買這個。」

◈ **Would** you **rather** <u>stay</u> here or <u>go</u> home?
　你想留在這裡還是回家？

◈ "**Wouldn't** you **rather** <u>live</u> in the country?" "Yes, **I would**."
　「你比較想住在鄉下嗎？」「是，我想。」

◈ **Would** you **rather** take tea or wine?（＝Do you prefer tea or wine?）
你要喝茶還是喝酒？

◈ Which **would** you **rather** have, tea or coffee?
你比較想喝什麼，茶還是咖啡？

(四)had/would rather 後接子句表示願望時，子句的動詞要用假設語氣。

1. 用過去式表示與現在或未來的事實和打算相反的願望，意指「但願」、「願意」、「(真)希望」、「倒希望」等，在子句中可以用 didn't 來避免重複前面提到的本動詞。

◈ **I'd rather** it **were** warm now.
我但願現在天氣暖和。

◈ **I'd rather** you **were** happy.
我願你幸福快樂。

◈ You always go without me and **I'd rather** you **didn't**.
你總是不帶我去，我可不希望你這樣。

◈ "Shall I open a window?" "**I'd rather** you **didn't**."
「我打開一窗好嗎？」「我希望你別開。」

◈ "Shall I help you to finish the work?" "**I'd rather** you **went** home now."
「我幫你做完這工作好嗎？」「我倒希望你現在回家。」

◈ Don't come tomorrow. **I'd rather** you **came** next weekend.
明天不要來。我希望你下週末來。

◈ My wife **would rather** we **didn't see** each other any more.
我太太希望我們別再見面了。

❖ "Shall I pay by check?" "I'**d rather** <u>you **paid** cash</u>."
「我用支票付款好嗎？」「我希望你付現金。」

❖ I'**d rather** <u>he **left** on an early train</u>.
我希望他搭上一班火車走。

2. 用過去完成式表示與過去的事實相反，翻成「要是……就好了」、「倒希望」、「寧願」等，在子句中可用 hadn't 以避免重複前面提到的本動詞。

❖ I'**d rather** <u>she **had told** me earlier</u>.
她要是早點告訴我就好了。

❖ I'**d rather** <u>you **hadn't done**</u> that.
我倒希望你沒做那件事就好了。

❖ I'**d rather** <u>you **had been** present</u>.
我真願意你當時在場。

❖ Katie went by car and I'**d rather** <u>she **hadn't**</u>.
凱蒂是坐車去的，我倒希望她不是。

注：had/would rather 可用 far, much, a great deal 等修飾，置於 rather 之前。

　　❖ I'**d** <u>far/much</u> **rather** <u>be</u> happy than rich.
　　我寧可幸福，不要財富。

　　❖ I'**d** <u>far/much</u> **rather** <u>be</u> young than old.
　　我寧願年輕也不要變老。

　　❖ I'**d** very much **rather** not to leave you here by yourself.
　　我非常不願把你獨自留在這裡。

　　❖ I <u>**had** a great deal **rather** be starved</u> than disgrace myself.
　　我寧願餓死也不願玷污自己。

(五)had/would rather 可表示選擇，在其後的不定詞(片語)後，可和 than 連用。

◈ I**'d rather** <u>walk than</u> take a bus.
我寧願走路也不要公共汽車。

◈ I **would rather** <u>go</u> to school than stay at home.
我寧願上學去也不要留在家裡。

◈ I **had rather** <u>take this than</u> that.
我寧願拿這個，而非拿那個。

◈ She**'d rather** <u>die than</u> lose the children.
她寧死也不願失去孩子。

◈ He **would rather** <u>starve than</u> steal.
他寧願挨餓也不願偷東西。

◈ I **had rather** <u>resign than</u> stay to be insulted.
我寧願辭職，也不願留著受辱。

◈ **<u>Wouldn't</u>** you **<u>rather</u>** <u>stay home than</u> go?
你寧願留在家裡不要出去嗎？

◈ I **would rather** <u>have died than</u> yield to the enemy.
我寧死，也不願向敵人屈服。

◈ If I'd lived in 1400, I**'d rather** <u>have been a knight than</u> a monk.
如果我生活在西元 1400 年，我寧願當騎士，也不要當修道士。

15.3 半情態助動詞 be going to 的用法

(一)表示預先已思考好與未來的既定打算(在此場合不宜用 will
代替)：

1. 用於現在式，表示在現在說未來的打算。

◈ What **are** you **going to** do tonight?
今晚你打算做什麼？

◈ When **are** you **going to** get married?
你準備什麼時候結婚？

◈ I**'m going to** meet her at the lobby of the hotel.
我將在旅館大廳和她碰面。

◈ What **are** you **going to** be when you grow up?
你長大之後打算做什麼？

注一：在正式用法(特別是書面語)中，表示既定計畫多用 will，而不用 be
going to。

◈ The wedding **will** take place at St Andrew's on June 27th.
婚禮將於六月二十七日在聖安德魯教堂舉行。

◈ The reception **will** be held at Grand Hotel.
招待會將在圓山大飯店舉行。

注二：表示臨時決定的打算不可用 be going to，須用 will，通常用縮寫式
'll。

◈ I'm tired. I think I**'ll** go to bed.
我累了。我去睡覺了。

◈ "Come to supper." "OK, I'**ll bring** a bottle."
「來吃晚飯吧。」「好，我來拿酒。」

◈ Look! She's wearing my coat! I'**ll kill** her.
瞧！她穿著我的外套呢！我要殺了她。

◈ There goes the phone bell. I'**ll answer** it.
電話響了。我去接。

2. 用於過去式時，多用於間接敘述句中，或表示在原有的打算。

◈ She <u>said</u> she **was going to** <u>move</u> here next month.
她說她下個月將搬到這裡來。

◈ He <u>told</u> me he **was going to** take a trip to Europe.
他告訴我他將去歐洲旅行。

◈ I **was going to** <u>give</u> her a birthday gift.
我本來打算送她生日禮物。

◈ What time **were** we **going to** <u>call</u> on her?
我們打算什麼時候去看她？

3. 用於完成式，表示在過去某時本打算做某事。

◈ He'**d been going to** <u>take</u> her to a lecture that afternoon, but he had a headache.
那天下午他本來打算帶她去聽演講的，但他頭痛。

◈ I **had been going to** <u>see</u> Mr. Hill last Saturday, but the appointment was suddenly canceled.
上星期六我本來要去看希爾先生，但是約會突然取消了。

(二)表示「必然」，指根據已知的事實，特別是現在親眼看到的原因，可判斷出未來必然的結果，通常要用 be going to。

◈ She**'s going to** have a baby.
她要生孩子了。

◈ There**'s going to** be trouble.
有麻煩了。

◈ Look out, the wall **is going to** crash!
小心，牆要倒了！

◈ Look at those black clouds. It **is going to** rain very soon.
看那些烏雲，馬上就要下雨了。

◈ You'd better get on the train. It**'s going to** leave.
你該上車了。火車要開了。

(三)表示可能，多用於口語中。

◈ Brazil **is going to** win the World Cup.
巴西將贏得世界盃。

◈ Life **is going to** be a bit easier from now on.
今後生活會稍微輕鬆一點。

◈ You**'re going to** get soaked.
你會濕透的啦。

◈ The weather forecast says that it**'s going to** be warm tomorrow.
天氣預報說明天很溫暖。

注：在正式用語和書面語中常用「will＋原形動詞」表示未來可能發生的動作或狀態。

◈ It **will** <u>snow</u> tomorrow.
明天會下雪。

◈ They**'ll** <u>be</u> home by this time.
他們現在一定到家了。

（四）表示「決心」（will 比 be going to 常用）。

◈ I**'m going to/will** do what I like and go where I like.
我喜歡做什麼就做什麼，喜歡去那裡就去那裡。

◈ I**'m not going to/won't** have you mixed up with this sort of business.
我不能讓你和這種事攪和在一起。

（五）表示命令、吩咐（will 比 be going to 常用）。

◈ You**'ll/are going to** be there by ten.
你十點前到那裡。

◈ You**'ll/are going to** stop chatting.
你們不要聊天了。

◈ You**'ll/are going to** start working at 6 o'clock.
你們六點開始工作。

（六）條件句的主要子句或 if 子句中，有時可用或須用 be going to：
1. 表示未來的打算時宜用 be going to。

◈ If he **is going to** <u>go see</u> Mary with us, we'll wait for him.
如果他打算和我們一起去看瑪麗，我們就等他。

◈ I**'m going to** <u>complain</u> if things don't improve.
如果情況沒有改善，我就要投訴。

2. 在條件句中的 if 子句和主要子句的因果關係，如果顯現於現在的語境中，主要子中可用 be going to。

◈ You **are going to** be disappointed if you are expecting a first-class hotel.
你如果期待高級的旅館，那就要失望了。

注：在條件句的主要子句中表示未來的動作，不表示打算時，通常用 will。

◈ Your marriage **will** never fail if you keep buying her flowers.
如果你不斷買花送她，你的婚姻就決不可能失敗。

◈ If you come out for a walk, you**'ll feel** much better.
如果你出來散散步，就會感覺好多了。

◈ He**'ll buy** her a house if she asks him to.
如果她要求他買房子的話，他就會買。

◈ If I give you money, you**'ll** only spend it on drink.
如果我給你錢，你只拿來買酒。

(七)有時 be going to 可和其他情態助動詞或動詞片語連用。

◈ Someone **is going to** **have to** complain.
有些人不得不投訴。

◈ He **may be going to** have a relapse.
他可能會舊病復發。

15.4 半情態助動詞 be to 的用法

　　「助動詞 be＋不定詞」通常用於人可以控制的的行為，用法如下：

(一)表示計畫或安排好的動作，可和表示時間的副詞或副詞片
　　語連用。

　　1.「現在式 be 動詞 to ＋原形動詞」表示現在已計畫或安排好
　　　的動作。

◈ I **am to** <u>see</u> her tonight.
　我今晚要見她。

◈ They **are to** <u>come</u> back tomorrow.
　他們明天回來。

◈ The meeting **is to** <u>be held</u> next Monday.
　會議訂於下星期一召開。

◈ Talks **are to** <u>begin</u> tomorrow.
　會談訂於明天開始。

　　2.「過去式 be 動詞＋to ＋原形動詞」表示過去已計畫或安排
　　　好的動作，有時其否定式還可表示過去已計畫或安排好的
　　　動作並未發生。

◈ She **was to** <u>see</u> him the next day.
　她第二天會見他。

◈ They said they **were to** <u>get</u> married next month.
　他們說他們下個月結婚。

◈ The telegram **was to** <u>say</u> that she'd be late.
　電報說她會晚到。

◈ It was decided that John **was to** <u>marry</u> Lilian.
　約韓娶莉莉安這件事早已決定。

◈ The celebrations **were not to** be.

（＝They did not, in fact, take place.）

慶祝活動結果沒有舉行。

3. 「was/were＋to＋have＋過去分詞」表示「過去本來打算」。

◈ Henry and Helen **were to** have been married last year, but Henry suddenly died last February.

亨利和海倫本來打算去年結婚，但是亨利去年二月突然去世了。

◈ I **was to** have seen him last Wednesday but he did not come.

我本來打算上星期三見他，但他沒來。

（二）表示「應該」或「必須」，相當於 must, should, ought to, 或 have to。

◈ I **am to** inform you that the meeting will be held as scheduled.

我得通知你會議將如期召開。

◈ You **are to** report it to the police.

你應該報警。

◈ Each participant **was to** pay his own expenses.

每個參加者都必須自費。

◈ **Is** he **to** go, too?

他也要去嗎？

◈ If no one helps us, what **are** we **to do** then?

如果沒人幫助我們，那麼我們該怎麼辦？

（三）表示命令或禁止，相當於 must, should, ought to 或 have to。

◈ You**'re to** leave here at once.
你必須立刻離開這裡。

◈ You**'re to** deliver the letter before eight.
你八點前把這封信送去。

◈ Three tablets **are to** be taken twice a day.
每日服兩次，每次三錠。

◈ You**'re not to** smoke here.
你不可以在這裡抽菸。

◈ The sample **is not to** be sold.
樣品不得出售。

◈ You **are not to** tell him anything about our plans.
你不可把有關我們計畫的任何情況告訴他。

（四）表示「能夠」、「可能」，相當於 can 或 could。

◈ How **am** I **to** pay such a heavy debt for her?
我怎麼可能替她償還這樣多債務？

◈ How **am** I **to** know?
我怎麼可能知道？

◈ Little **was to** be seen.
幾乎什麼也看不見。

◈ Not a soul **was to** be seen.
一個人影都沒有。

◈ Where **is** such a man **to** be found?
這樣的男人到哪裡去找呢？

（五）表示註定要發生的，相當於 be destined to。

◈ He **was** never **to** see his home again.
他註定無法再回故土。

◈ The worst **is** still **to** come.
最糟的情況還是會發生的。

◈ They said goodbye, little knowing that they **were** never **to** meet again.
他們說了再見，一點也不知道他們再也不會相遇了。

◈ Few could have imagined at that time that this brave young officer **was** **to** be the first President of the United States of America.
那時幾乎沒有人想像得到那位年輕軍官最後會成為美國第一任總統。

◈ Little did I dream that this **was to** be our last meeting.
我做夢也沒想到那會是我們最後一次會面。

（六）用於真實條件句或假設條件句，表示「想要」。

◈ If we **are to** be there in time, we'll have to hurry up.
如果我們想要及時到達，就得快一點。

◈ You must take the whole project more seriously if you **are to** succeed.
如果你想要成功，就必需認真面對整個計畫。

◈ If it **were to** rain, we would have to cancel the match tomorrow.
假如下雨的話，我們就必須要取消明天的比賽。

15.5 半情態助動詞 be about to 的用法

「be about to＋原形動詞」表示即將發生的動作，不可和表示時間的副詞或副詞片語連用，相當於「be on the point of＋動名詞」或「be just going to」。

（一）「現在式 be 動詞 about to＋原形動詞」表示在最近的未來就要發生的動作，在美語中常和 just 連用。

◈ The plane **is** (just) **about to** take off.
飛機就要起飛了。

◈ My son **is about to** join the army.
我的兒子快要從軍了。

◈ The film **is about to** start.
電影即將開始。

◈ He **is about to** graduate.
他快要畢業了。

（二）「過去式 be 動詞 about to＋原形動詞」表示過去某時的未來即將發生的動作，或表示「正要做某事」，有時還含有意圖未實現的意味。

1. 表示在過去某時即將發生的動作。

◈ He asked whether he **was about to** go on with the work.
他問這工作是否要繼續做下去。

◈ He said the film **was about to** start.
他說電影就要開始了。

2. 表示「正要做某事」，有時含有意圖未實現的意味。

◈ When I went to see her, she **was about to** go out.
當我去看她的時候,她正要出去。

◈ Frank **was about to** leave when he noticed a large packing case lying on the floor.
法蘭克正要離開時發現地上放著一個大木箱。

◈ Mrs. Gerhardt **was about to** begin, but Jennie spoke first.
傑哈特夫人正要開始發言,珍妮卻先說了。

◈ He **was about to** say something more, and then he checked himself.
他打算多說一點,之後又忍住不說了。

(三)"be about to"還可以有非限定形式。

◈ The suspects admitted **being about to** commit a crime.
犯罪嫌疑人們承認正要犯罪。

(四)「be not about to+原形動詞」,在美國口語中表示否定的強烈意願,意指「不願意」,「不打算」。

◈ "Will she come with us?" asked Bill.
"She**'s not about to**," answered Mary.
「她會和我們一起去嗎?」比爾問。「她不願意,」瑪麗回答說。

◈ I**'m not about to** stop when I'm so close to success.
現在我已接近成功了,我不打算放棄。

◈ I**'m not about to** pay 100,000 pounds for a small house like that.
我可不願意花十萬英鎊買這樣的一所小房子。

(五)和「be about to＋原形動詞」結構近似的表示在最近的未來
就要發生的動作，還有其他表示方法：

"be on the point of doing something"相當於"be just about to do
sth"，表示最近的未來。

◈ She **is on the point of** breathing her last.
她即將死了。（她即將斷氣──會不會太那個？）

◈ Look! They**'re on the point of** starting!
看！他們就要開始了。

◈ When he **was on the point of** winning he stumbled and
fell.
眼看著他就要獲勝了，他絆倒了。

◈ I **was on the point of** going to bed when you rang.
你打來電話時，我正要去睡覺。

"be just going to do sth"相當於 be just about to do sth，也可表示
最近的未來。

◈ I**'m just going to** read your paper.。
我正要看你的論文。

◈ I **was just going to** see him when he came.
他來的時候我正要去看他。

3.「just 和現在進行式」連用，表示最近將要發生的動作。

◈ The plane **is just taking** off.
飛機馬上就要起飛了。

◈ The very important guests **are just coming** to our hotel.
貴賓們馬上就要到我們的旅館了。

4. 用表示「不久」，「很快」，「立即」等的時間狀語和未
   來時態連用，表示最近將發生的動作。

◈ She**'ll come** back <u>very soon</u>.
　 她很快就回來。

◈ She said she**'d go** there <u>at once</u>.
　 她說她將立刻去那裡。

不定詞
The Infinitive

1 概說

　　不定詞具有名詞、形容詞及副詞性質，用來表示動作，不受主詞的人稱與單複數的限制。不定詞一般由不定詞符號或介系詞 to（infinitive marker to/particle to）＋原形動詞（base form of verb）構成，to 有時可以省略，因而又分為帶 to的不定詞（to-infinitive/infinitive with to）和不帶 to 的不定詞（bare infinitive/infinitive without to）。如：

◈ He wants **to go**.
　他想去。
　（to go 是不定詞）

◈ You had better **go** to bed now.
　你現在最好去睡覺。
　（go 在此是不可帶 to 的不定詞）

◈ This will help（**to**）**reduce** production costs.
　這會有助於降低成本。
　（reduce 在此是可帶 to 或不帶 to 的不定詞）

注：不定詞符號 to 沒有任何辭彙意義，與介系詞 to 同形，但無任何關係。

2 不定詞片語

　　不定詞不能獨立充當述語動詞，但它仍具有動詞的特徵，其後可以銜接受詞、補語或狀語。不定詞與其受詞、補語或狀語構

成不定詞片語(infinitive phrase)。在不會引起誤解的情況下，不定
詞片語也可簡稱為不定詞。如：

◈ I want **to see** the new film.

我想看那部新電影。

（不定詞 to see 與受詞 the new film 構成不定詞片語）

◈ I want **to present** her a gift.

我想送她一件禮物。

（不定詞 to present 與間接受詞 her 和直接受詞 a gift 構成不定詞
片語）

◈ The government promised **to keep** the currency stable.

政府承諾會保持貨幣穩定。

（不定詞 to keep 與受詞 the currency 及受詞補語 stable 構成不定
詞片語）

◈ **To be** a good teacher is not easy.

當一個好老師不容易。

（不定詞 to be 與補語 a good teacher 構成不定詞片語）

◈ Tell him **to come** early tomorrow.

叫他明天早點來。

（不定詞 to come 與作狀語的副詞 early 及 tomorrow 構成不定詞
片語）

◈ Why did you make the child **stand** outside the door?

你為什麼讓這孩子站在門外？

（不帶 to 的不定詞 stand 與作狀語的介詞片語 outside the door 構
成不定詞片語）

◈ **To stay** where you are is sometimes the best thing to do in an emergency.

危急之際，有時候最好的辦法是你待在原地不動。

（不定詞 to stay 與作狀語的副詞子句 where you are 構成不定詞片語）

3 不定詞的語態和時式

3.1 不定詞的形式

3.1.1 不定詞的語態和時式形式

不定詞有主動語態和被動語態之分。主動語態的時式有簡單式（或稱一般式）、進行式、完成式和完成進行式四種，被動語態的時式有簡單式（或稱一般式）、完成式兩種，如下表：

不定詞形式變化表：

語態形式	主動語態	被動語態
簡單式	to＋原形動詞 (to do)	to be＋過去分詞 (to be done)
進行式	to be＋現在分詞 (to be doing)	無
完成式	to have＋過去分詞 (to have done)	to have been＋過去分詞 (to have been done)
完成進行式	to have been＋ 現在分詞 (to have been doing)	無

3.1.2 不定詞的否定形式

不定詞的否定形式(或稱作否定不定詞 negative infinitive)為
not(or never) to＋原形動詞。如：

◈ Tell him **not to eat** too much.
叫他不要吃太多。
(not to eat 是不定詞的否定形式)

◈ Try **not to catch** a cold.
盡量別感冒。
(not to catch 是不定詞的否定形式)

◈ My attempt **to never smoke** again was a painful experience.
再次嘗試戒菸對我來說是次痛苦的經驗。
(to never smoke 是不定詞的否定形式)

3.2 不定詞主動語態的簡單式

不定詞的簡單式由 to＋原形動詞構成，其動作發生的時間與
主要動詞發生的時間相同；如用於 expect(預料、期待)，hope(希
望)，intend(打算)，mean(打算、想要)，plan(計畫、打算)，
promise(答應、允諾)，want(想要)，wish(願意、希望) 等動詞之
後，則表示其動作發生在主要動詞所發生的時間之後。如：

◈ They promised **to raise** money for us.
他們答應為我們籌備款項。
(to raise money for us 發生在主要動詞 promised 之後)

◈ I am glad **to see** you.
我見到你很高興。
(述部 am glad 的狀態與 to see you 發生的時間幾乎相同)

3.3 不定詞主動語態的進行式

　　不定詞主動語態的進行式 (progressive active infinitive) 由 to be ＋現在分詞構成，其動作發生的時間一般與主要動詞發生的時間一致，即在主要動詞的動作發生時，不定詞的動作也正在進行，具有強調作用；有時也可表示其動作發生在主要動詞之後。如：

◈ He <u>pretended</u> **to be sleeping**.
　他假裝正在睡覺。
　(不定詞的進行式 to be sleeping 與主要動詞 pretended 發生的時間一致)

◈ <u>How fortunate I am **to be living** here with you</u>.
　和你一起住在這裡真幸運。
　(不定詞的進行式 to be living 與主要動詞 am 發生的時間一致)

◈ The old horse <u>seems</u> **to be dying**.
　這匹老馬似乎快死了。
　(不定詞 to be dying 的動作發生的時間發生在主要動詞 seems 之後)

3.4 不定詞主動語態的完成式

　　不定詞主動語態的完成式 (perfect active infinitive) 由 to have ＋過去分詞構成。在下列場合要用不定詞的完成式：

　　用於不定詞所表示的動作發生在主要動詞發生的時間之前時。如：

◈ I <u>am sorry</u> **to have kept** you waiting so long.
　很抱歉讓你久等了。
　(不定詞的完成式 to have kept 發生在 am sorry 之前)

3.5 不定詞主動語態的完成進行式

　　不定詞主動語態的完成進行式由 to have been＋現在分詞構成，主要表示從過去某時開始的動作或狀態一直持續到主要動詞發生或繼續進行，有時還可表示在主要動詞發生時所希望的與更早的過去事實相反的持續動作。如：

◈ You <u>seem</u> **to have been worrying** <u>all day</u>.
你好像一整天都在擔心。
（不定詞的完成進行式 to have been worrying 在主要動詞 seem 發生前發生，持續到主要動詞發生時或仍在繼續）

◈ He <u>wished</u> **to have been working** <u>with her</u>.
他希望自己當時和她共事。
（但未曾和她一起共事）（不定詞的完成進行式 to have been working with her 表示在主要動詞 wished 發生時所希望的，與過去事實相反）

3.6 被動形式的不定詞

　　被動形式的不定詞(passive infinitive)在句子中可作主詞、受詞、補語和修飾語。常用的被動形式的不定詞的簡單式(simple passive infinitive) 是由 to be＋過去分詞構成；被動形式的不定詞完成式(perfect passive infinitive) 是由 to have been＋過去分詞構成，表示其動作發生在主要動詞發生的時間以前。如：

◈ The meeting **to be held** <u>tomorrow</u> is very important.
明天要開的會是很重要的。
（to be held 是不定詞簡單式的被動形式，在此作主詞 the meeting 的修飾語，表示和主要動詞 is 同時發生的動作）

◈ It's possible <u>for our aims</u> **to be realized**.
我們的目標有可能實現。
(for our aims to be realized 是不定詞簡單式的被動形式，在句子
中作真主詞，表示和主要動詞 is 同時發生的動作)

◈ The general manager <u>wanted</u> <u>the document</u> **to be typed**
<u>at once</u>.
總經理希望文件馬上打好。
(to be typed 是不定詞簡單式的被動形式，在此作受詞 the
document 的補語，表示在主要動詞 wanted 之後發生的動作)

◈ I <u>hate</u> **to have been treated** like that.
我討厭受到那樣的待遇。
(to have been treated 是不定詞的被動完成式，在此作主要動詞 hate
的受詞，表示其動作發生在主要動詞發生的時間以前)

3.7 不定詞的主動語態或被動語態在句中使用的場合

3.7.1 通常主動語態不定詞表示主動意義，被動語態不定詞表示被動意義的場合

(一)不定詞作主詞時。如：

◈ **To love** and **to be loved** are the most wonderful
experiences in life.
愛人與被愛是人生中最幸福的體驗。

◈ It requires a lot of money **to build** <u>a hotel</u>.
蓋旅館需要很多錢。

◈ It's unbearable **to be treated** <u>like that</u>.
受到那樣的待遇令人無法忍受。

(二)不定詞在完全及物動詞之後作受詞時。如：

◈ He likes **to flatter** his superior.
他喜歡對他的上司阿諛奉承。

◈ He doesn't like **to be flattered**.
他不喜歡被阿諛奉承。

◈ She wants **to separate** from George.
她想離開喬治。

◈ She doesn't want **to be separated** from George.
她不想和喬治分開。

(三)在聯繫動詞 be 之後的不定詞表示預言要發生的動作、事前安排的動作或理應做的事時。如：

◈ "You are **to die** at eighty-three," the prophet said to the man.
預言家對那人說，「你將在八十三歲時去世。」
（用於預言）

◈ You are **to be in** to the lobby of the hotel at nine.
你九點鐘要到達旅館大廳。
（表示未來應該做的事）

◈ You are **to be congratulated**.
你理應受到祝賀。
（表示理應做的事）

◈ Even a dog is **not to be insulted**.
即使是狗也不應受到侮辱。
（表示不應做的事）

◈ Children <u>are</u> **not to smoke**.

小孩不應抽菸。

（表示不應做的事）

（四）不定詞作受詞補語時。如：

◈ They asked me **to take** <u>the chair</u>.

他們請我主持會議。

◈ He asked us **to be seated**.

他請我們入座。

◈ The boss wanted the secretary **to draw up** <u>the contract at once</u>.

老闆讓秘書立刻草擬合約。

◈ The boss wanted the letter **to be typed** <u>at once</u>.

老闆要求信馬上打好。

（五）不定詞作兩個受詞中的直接受詞時。如：

◈ You must promise me **to take** <u>a good rest</u>.

你一定要答應我你會好好休息。

◈ He agreed **to be sent** <u>abroad</u> by the boss.

他答應老闆被派往國外。

（六）在聯繫動詞後作主詞補語的不定詞，一般情況下用主動語態表示主動，用被動語態表示被動。如：

◈ My real intention is **to help** <u>her</u>.

我真正的目的是幫助她。

◈ His manuscript is nowhere **to be found**.

他的手稿到處都找不到。

◈ She seems **to like** the idea.
她似乎喜歡這個想法。

◈ She seems **to be talked about** everywhere.
她似乎到處被人議論。

◈ He appeared **to have traveled** a lot.
他似乎到過很多地方。

◈ He appeared **to have been beaten** by somebody.
他似乎挨打了。

◈ It remains **to be added** that the author has read very widely on the subject.
還要補充的是，作者對此主題閱讀甚廣。
（it 為形式主詞，that the author has read very widely in the subject 為主詞子句，聯繫動詞 remains 之後的不定詞 to be added 作主詞補語）

◈ Worse things remain **to be told**.
更糟的事還未講到。

注：remain 的用法之一就是表示「尚須或留待（如何解決、處理、講述）等」，相當於be left to be done（settled, solved, seen, said, told, proved, etc.），強調某事物被動的動作，其後的不定詞雖有時可用主動式表示被動意義，但一般多用被動式。

(七)修飾名詞的不定詞須置於該名詞之後，一般情況下用主動語態表示主動，用被動語態表示被動，可用於下列場合：
A. 不定詞修飾作主詞補語的名詞時。如：

◈ He is not a man **to tell** lies.
他不是會說謊的人。

◈ He is a <u>man</u> **to be trusted**.
他是可信賴的人。

B. 不定詞修飾作主詞的名詞時。如：

◈ The <u>policeman</u> **to go** to their assistance was Henry.
去幫助他們的員警是亨利。

◈ The <u>exercise</u> **to be done** should be handed in tomorrow.
要做的習題明天要交。

不定詞所修飾的是表示某種意圖的名詞，而不定詞和該名詞是同位關係，用以說明該名詞內容時通常用主動語態。如：

◈ He has achieved his <u>aim</u> **to swim** across the English Channel.
他已實現了游泳橫渡英吉利海峽的目標。
（不定詞 to swim across the English Channel 是 aim 的同位語，說明句中所指的「目標」）

◈ His parents gave him three choices: **to go** to college, **to do** business, or **to get** married.
他的父母給了他三種選擇：上大學、經商或結婚。
（不定詞 to go to college, to do business, or to get married 是 choices 的同位語，說明句中所指的「選擇」）

◈ His <u>opportunity</u> **to win** the champion cup is gone.
他已失去獲得冠軍盃的機會。
（不定詞 to win the champion cup 是 opportunity 的同位語，說明句中所指的「機會」）

(八) 用作狀語的不定詞，一般用主動語態表示主動，用被動語態表示被動。

不定詞修飾動詞表示目的時。如：

◈ I'm coming **to see** you.
我要來看你。

◈ He has gone there **to be** examined.
他去那裏接受體檢。

不定詞修飾動詞表示未料到的結果或明顯的結果時。如：

◈ He hurried to the hospital only **to find his wife dead**.
他匆忙趕到醫院卻只見到已過世的妻子。

◈ He must have done much for the company **to be appointed the position of general manager**.
他對公司貢獻良多才會被任命為總經理。

不定詞修飾動詞表示條件時。如：

◈ You will do well **to think** it over.
你最好仔細考慮。

◈ **To change** into steam, water must be heated.
水要加熱才能變成蒸氣。

不定詞修飾形容詞、動詞或動詞片語表示產生某種情緒的原因時。如：

◈ He felt very fortunate **to be loved** by Helen.
被海倫所愛，他感到非常幸福。
（不定詞 to be loved by Helen 修飾形容詞 fortunate 說明幸福的原因）

◈ She was very glad **to learn** of his arrival.
獲悉他的到達，她非常高興。
（不定詞 to learn of his arrival 修飾形容詞 glad 表示高興的原因）

　　不定詞修飾聯繫動詞之後的形容詞 afraid（害怕的），anxious（急於），curious（極想），dying（真想），eager（急切的、熱心的），feared（害怕的），impatient（急於），inclined（想），ready（樂於），reluctant（不願意），shy（不好意思），wild（渴望），willing（樂於）等時。如：

◈ He is <u>afraid</u> **to talk** with girls.
他怕跟女生說話。

◈ Both of them were <u>anxious</u> **to be chosen** as the king.
他們兩人都急於被推選為國王。

◈ He was <u>curious</u> **to know** what happened in the office.
他想知道辦公室發生了什麼事。

◈ He was <u>dying</u> **to see** her at once.
他真想馬上見到她。

◈ He is <u>eager</u> **to learn**.
他熱心向學。

◈ He is <u>impatient</u> t**o see** her again.
他急於再見到她。

◈ She didn't seem <u>inclined</u> **to talk** to him.
她似乎不想和他說話。

◈ She is always <u>ready</u> **to help** others.
她總是樂於助人。

◈ He was <u>reluctant</u> **to be sent** there, but he had no choice.
他不願意被派去那裏，但別無選擇。

◈ She remains <u>shy</u> t**o speak** before strangers.
她在陌生人面前依然羞於啟齒。

◈ The mayor seems <u>willing</u> **to consider** your idea.
市長似乎願意考慮你的意見。

不定詞修飾聯繫動詞之後的 able（能夠），apt（傾向於），certain（一定），due（定於），free（隨意），liable（易於、傾向於），likely（很可能），quick（善於），slow（不輕易的），sufficient（足夠的），sure（一定），welcome（隨意），worthy（值得、配得上）等表示可能性的形容詞時。如：

◈ I haven't been <u>able</u> **to get** in touch with her.
我還不能和她取得聯繫。

◈ He is <u>apt</u> **to learn**.
他傾向於學習。

◈ Your proposal is <u>certain</u> **to be given** careful consideration.
你的建議一定會被慎重考慮。

◈ I'm not <u>competent</u> **to do the work**.
我不能勝任此工作。

◈ The boss is <u>due</u> **to arrive at nine**.
老闆定於九點到達。

◈ You are <u>free</u> **to go** or **stay**.
去留自便。

◈ She is <u>likely</u> **to marry** him.
她很可能嫁給他。

◈ The young man is <u>quick</u> **to comprehend**.
這青年善於理解。

◈ He is <u>slow</u> **to sympathize** with the sufferings of others.
他不輕易對別人的痛苦表示同情。

◈ This amount is <u>sufficient</u> **to meet** expenses.
這筆款項足夠應付開支。

◈ You are <u>sure</u> **to hear** good news.
你一定會聽到好消息的。

◈ You are <u>welcome</u> **to take** whatever steps you want.
你可以採取你認為適合的任何措施。

◈ He is no longer <u>worthy</u> **to be called** your student.
他不再配當／為你的學生。

(九) 不定詞修飾副詞 enough/sufficiently, too/excessively 或 so
時。

修飾 enough 時。如：

◈ Jack is <u>old **enough to go**</u> to school.
傑克夠大可以上學了。

◈ Jack is <u>old **enough to be sent**</u> to school.
傑克夠大可以送去上學了。

修飾 too 時，通常用主動語態表示主動，用被動語態表示被
動。如：

◈ She is **too** <u>young</u> **to marry**.
她年紀太小不能結婚。

◈ He was **too** <u>frightened</u> **to speak**.
他嚇得說不出話來。

◈ His services have been **too** <u>great</u> **to be forgotten**.
他的貢獻太偉大了。令人難以忘記

◈ Tom is **too** <u>young</u> **to be depended upon**.
湯姆太年幼還不能依靠。

注：修飾 too 的不定詞也常可用主動語態表示被動的意義，省略了不定詞
之前的意義上的主詞。如：

◈ The problem is **too** difficult(for us) **to work out**.
這題太難，(我們)解決不了。

◈ The machine is **too** heavy(for you two) **to move**.
這機器太重，(你們兩人)搬不動。

◈ The tea is **too** hot(for me) **to drink**.
這茶太熱，(我)沒辦法喝。

不定詞和 as 連用，修飾 so 時。如：

◈ He spoke **so** eloquently **as to move** us to tears.
他說得如此動人，讓我們都感動地流淚了。

3.7.2 在某些場合下不定詞主動式表示被動的意義

(一)blame, seek 的不定詞形式作主詞補語時，通常用主動形式表
示被動意思；let(出租)的不定詞形式作主詞補語時，多用
主動式表示被動，但後接狀語時，則須用被動式。如：

◈ He is **to blame**.
他應該受譴責。

◈ Evidence is not hard **to find**.
證據不難找到。

◈ The house is **to let**.
這棟房子要出租。

◈ The house is **to be let** for three thousand dollars a year.
這棟房子一年租金三千美元。
(let 之後有狀語時只可用被動式。不能說"The house is to let for
three thousand dollars a year.")

注：如兩個不定詞形式共同修飾同一個名詞，這時所強調的不是該名詞，
　　而是「被動」的動作，皆須用被動式 to be＋p.p. 表示。如：

◈ This car is **to be let**, not **to be sold**.
　這輛車要出租，而非出售。

(二)不定詞修飾名詞，且動作執行者為主詞或主要動詞的間接
　　受詞時，不定詞須用主動語態表示被動。如：

◈ We have <u>a lot work</u> **to do**.
　我們有很多事要做。
　(儘管不定詞修飾其前面名詞 work，但其動作執行者是主詞
　we，而 work 是不定詞的受詞，所以須用主動語態 to do)

◈ I need <u>a room</u> **to live** in.
　我需要一間房間住。
　(修飾名詞 room 的不定詞片語動作執行者是主詞 I，room 是不定
　詞片語的受詞，所以須用主動語態 to live in)

◈ Please give me <u>a book</u> **to read**.
　請給我一本書看。
　(此處 book 是不定詞 to read 的受詞，不定詞動作的執行者是間
　接受詞 me，因而須用主動式)

◈ She gives him <u>plenty</u> **to eat**.
　她給他很多東西吃的。
　(此處 plenty 是不定詞 to eat 的受詞，不定詞動作的執行者是間
　接受詞 him，因而須用主動式)

(三)作名詞修飾語的不定詞之前帶有由 for 引導的意義上主詞
　　時，只可用主動語態。如：

◈ There is <u>an important task</u> **for you to do**.
有件重要的任務要你做。
（for you to do 修飾名詞 task；task 是不定詞的受詞）

◈ He brought <u>some exercises</u> **for me to do**.
他帶一些習題來給我做。

（四）作名詞或代名詞修飾語的不定詞只可用主動語態表示被動的其他場合。如：

◈ It's <u>nothing</u> **to speak** of.
沒什麼值得一提。

◈ There is <u>plenty</u> **to eat**.
有很多吃的。

◈ He knows <u>all there is</u> **to know**.
該知道的他都知道。

（五）在 there be 結構中，作名詞修飾語的不定詞通常用主動語態表示被動，如強調動作的必要性或不定詞被狀語修飾時，宜用被動語態。一般情況下，兩種表示方法的意義相同。如：

◈ There's no <u>time</u> **to lose**（＝ **to be lost**）.
時間緊迫不可耽誤。

◈ There are <u>many</u> **buildings to build**（＝ **to be built**）.
有許多建築物待建。

◈ There's an important <u>thing that needs</u> **to be done** <u>at once</u>.
有件重要事情需要立刻辦好。
（此處作名詞修飾語的不定詞被狀語修飾，宜用被動語態 to be done）

注：有時在 there be 結構中，用不定詞的主動式與被動式所表示的意義是
　　不同的。如：

◈ There's <u>nothing</u> **to do** now.
現在沒有事做。
（相當於 There's <u>nothing</u> **for us to do** now.）

◈ There's <u>nothing</u> **that can be done** now.
現在沒辦法了。
（相當於 We can do nothing now. 或 There is nothing we can do now.）

(六)不定詞作副詞修飾作補語的形容詞，且意義上的受詞是主
　　詞或受詞時，通常都用主動語態表示被動意義。如：

◈ <u>Philosophy</u> isn't <u>easy</u> **to learn**.
哲學不好學。
（此句相當於 Philosophy isn't <u>easy</u> **for people to learn**.）

◈ The <u>house</u> is <u>large enough</u> **to live** in.
這棟房子夠住。

◈ Such a good <u>nurse</u> is <u>difficult</u> **to find**.
這樣的好保姆難尋。

◈ The <u>novel</u> is <u>interesting</u> **to read**.
這本小說讀起來很有趣。

◈ The <u>water</u> is <u>good</u> **to drink**.
這水可以喝。

◈ The <u>manager</u> is <u>hard</u> **to get along with**.
經理不好相處。

◈ <u>Chinese characters</u> are <u>hard</u> **to write**.
漢字很難寫。

◈ This <u>bridge</u> is <u>dangerous **to cross**</u>.
過橋有危險。

◈ He found the <u>problem</u> <u>difficult **to solve**</u>.
他發現這個問題難解。
（句中受詞 problem 是修飾作受詞補語的形容詞 difficult 的不定詞 to solve 意義上的受詞，因而不定詞要用主動式）

◈ Don't ask any <u>questions</u> that are <u>impossible **to answer**</u>.
不要問無法回答的問題。
（受詞 question 是修飾作受詞補語的形容詞 impossible 的不定詞 to answer 意義上的受詞，因而不定詞要用主動式）

◈ He has <u>money enough **to spend**</u>.
他錢夠花。
（句中受詞 money 是修飾作受詞補語的形容詞 enough 的不定詞 to spend 的意義上的受詞，因而不定詞要用主動式）

◈ This food is not <u>fit **to eat/to be eaten**</u>.
這個菜非常難吃。

註：不定詞修飾形容詞 fit 時，既可用主動語態，也可用被動語態表示動詞與受詞的關係。

3.8 分離不定詞（split infinitive）

有時在不定詞符號 to 和原形動詞中間插入一個修飾或連接動詞的詞語，這樣的不定詞稱作分離不定詞。

（一）分離不定詞多數是在不定詞符號 to 和原形動詞中間插入一個副詞或副詞片語，即「to＋副詞（片語）＋原形動詞」的結構。如：

◈ This country has started **to** <u>further</u> **improve** its military power.

這個國家開始進一步加強其軍事力量。

（修飾不定詞的副詞 further 插在不定詞符號 to 和原形動詞 improve 中間）

◈ He was too weak **to** <u>really</u> **enjoy** his journey.

他虛弱到不能真正享受他的旅程。

（修飾不定詞的副詞 really 插在不定詞符號 to 和原形動詞 enjoy 中間）

◈ I would like her **to** <u>clearly</u> **understand** my words.

我希望她能清楚了解我的話。

（修飾不定詞的副詞 clearly 插在不定詞符號 to 和原形動詞 understand 的中間）

◈ I don't think he will be able **to** <u>long</u> **keep** silent.

我認為他不能老是沈默不語。

（修飾不定詞的副詞 long 插在不定詞符號 to 和原形動詞 keep 中間）

◈ I'm sure I will be able to help him **to** <u>more than</u> **better** his situation.

我肯定能幫他大大改善他的情況。

（修飾不定詞的副詞片語 more than 插在不定詞符號 to 和原形動詞 better 中間）

(二)在不定詞符號 to 和原形動詞中間插入相關連接詞(correlative conjunction)，也可構成分離不定詞。如：

◈ He didn't like **to** <u>either</u> **lie** or **sit** long.

他不喜歡一直躺著或坐著。

（連接不定詞的相關連接詞 either 和 or 分別插在不定詞符號 to 之後和原形動詞 lie 及 sit 中間）

◈ It was clear that she purposed **to** both **charm** and **surprise** him by her appearance.

她打算以美貌來讓他著迷與驚喜，這點顯而易見。

（連接不定詞的相關連接詞 both 和 and 分別插在不定詞符號 to 之後和原形動詞 charm 及 surprise 中間）

(三) 在不定詞符號 to 和原形動詞中間插入插入語 (parenthesis)，也可構成分離不定詞。如：

◈ New agents were trained with new tactics **to**, if possible, **lure** and **arrest** him.

新特務接受新型訓練，在可能的狀況下使他上鉤予以逮捕。

（在不定詞符號 to 和原形動詞 lure 中間加上插入語 if possible 構成分離不定詞）

注：使用分離不定詞是為了避免因修飾語的位置不當而產生歧義，如 "George seems to enjoy especially interesting novels." 此處既可理解為 especially 修飾 enjoy 句意為「喬治似乎特別喜歡有趣的小說。」，也可理解為 especially 修飾 interesting 句意為「喬治似乎喜歡特別有趣的小說。」下句使用分離不定詞就不會產生上述歧義： "George seems to especially enjoy interesting novels." 只可理解為 especially 修飾 enjoy 全句意為「喬治看來特別喜歡有趣的小說。」在書面語中，只在文法和修辭上有絕對必要時，才用分離不定詞，在口語中，都應盡可能避免使用分離不定詞，而把副詞放在不定詞前或之後。

3.9 不連接不定詞

(一) 當副詞修飾語的不定詞或不定詞片語，其意義上的主詞一般須與句子的主詞一致，否則，在一般情況下就成為一種

不符合文法規則的「不連接不定詞」(dangling infinitive)，
又稱「垂懸不定詞」。改正一個含有不連接不定詞的句子
的方法是：將句子的主詞改為可成為不定詞意義上的主詞
的字詞。如：

◈ 中文：為了成功，就必須努力。

To succeed, it's necessary for you to work hard.（×）

<u>To succeed</u>, **you** must work hard.（○）

(To succeed 的意義上的主詞不是 it 而是 you)

◈ 中文：為了掩蓋我的情緒，我用手捂著臉。

To conceal my emotions, my face was buried in my hands.（×）

<u>To conceal my emotions</u>, **I** buried my face in my hands.（○）

(to conceal my emotions 意義上的主詞不是 my face 而是 I)

(二)在下列情況下，含有不連接不定詞的句子是可以較普遍接受的：

在正式的科學論著中，凡不連接不定詞隱含的主詞是指作者或讀者的 I, we 或 you 時。如：

◈ **To check on** the reliability of the first experiment, **the experiment** was replicated with a second set of subjects.

試驗再一次進行，但是換了新的受試者。

不連接不定詞隱含的主詞是不定代名詞或指非人稱代名詞 it 時。如：

◈ **To borrow** books from this library, **it** is necessary to apply for a library card.

要在這間圖書館借書，需要辦理借書證。

4 不定詞在句中的功能

　　不定詞在句子中不能獨立充當述語動詞，但可以充當其他種類的句子成分，並可與某些助動詞一起構成複合述語動詞。

4.1 不定詞作主詞

　　不定詞在句中可以充當主詞，其述語動詞一般要用單數形式。不定詞作主詞的句子一般有兩種形式：

（一）不定詞＋述部。如：

◈ **To talk** with you is a great pleasure.
　　與您談話非常愉快。
　　（不定詞片語 to talk with you 作主詞）

◈ **To obey** the law is everyone's duty.
　　遵守法律是每個人的義務。
　　（不定詞片語 to obey the laws 作主詞）

（二）It＋述部＋不定詞，即由虛主詞 it 代替真主詞不定詞（片語）。如：

◈ **It** is a great pleasure **to talk** with you.
　　與您談話是一件非常愉快的事。
　　（句首的 It 作虛主詞，to talk with you 作真正主詞）

◈ **It** took me more than two years **to learn to speak English**.
　　學英文花了我兩年多的時間。
　　（句首的 It 作虛主詞，to learn to speak English 作真主詞）

◈ **It** is impossible **to convince** her.

要說服她不可能。

（句首的 It 作虛主詞，to convince her 作真主詞）

注：在現代英文中，將不定詞置於句首的用法在文章裏都不常見，在會話
　中更少使用。

4.2. 不定詞作動詞的受詞

（一）不定詞在很多動詞後可作受詞用，不定詞實際上仍是句中
　　主詞執行的動作。

可接不定詞作受詞的常見動詞有：afford（有經濟能力做某
事、……得起），agree（同意），aim（打算、想），arrange（安排），
ask（要求、請求），attempt（企圖、試圖），beg（懇求），begin（開
始），care（願意），choose（寧願、偏要），claim（聲稱），consent（答
應），continue（繼續），contrive（設法完成），dare（敢），decide（決
定），decline（婉言謝絕、不肯接受），demand（要求），deserve（值
得、應受），desire（期望、想），determine（決定、決心），
endeavor（設法、努力）endure（忍受），engage（允諾、約定），
expect（預料、期待），fail（沒能），fear（害怕），forget（忘記），
guarantee（保證），hate（不願意、遺憾），hesitate（不願），hope（希
望），hurry（匆忙、趕快），intend（打算），learn（學習），like（喜
歡、想要），love（喜歡），manage（設法，成功地做成），mean（打
算），need（需要），neglect（忽略），offer（主動提出），omit（漏
做），plan（打算、圖謀），prefer（寧願、更喜歡），prepare（準備），
pretend（假裝），promise（許諾、答應），propose（建議、打算），

refuse（拒絕），regret（抱歉、遺憾），remember（記著），resolve（決心、決定），scorn（不屑於），seek（試圖、企圖），start（開始），swear（發誓），think（想到、打算），threaten（威脅），try（設法、試圖），undertake（答應、保證），want（想要），wish（願意、希望）等。如：

◈ I don't think they can <u>afford</u> **to buy** <u>such an expensive car</u>.
我認為他們買不起那麼貴的車。

◈ He <u>agreed</u> **to help** <u>you</u>.
他同意幫你。

◈ I <u>aim/want</u> **to be** <u>a scientist</u>.
我想當科學家。

◈ She <u>asked/demanded</u> **to see** <u>the general manager</u>.
她要求見總經理。

◈ We <u>attempted/sought/tried</u> **to mediate** <u>their differences</u>.
我們試圖調解他們的歧見。

◈ I <u>would like</u> **to inquire** <u>whether I may stay here</u>.
請問我可否留在這裏。

◈ I <u>don't care/like</u> **to be disturbed**.
我不想要/我不願意受到打擾。

◈ I <u>choose/prefer</u> **to stay** <u>home on Sundays</u>.
我星期日選擇／寧願待在家裏。

◈ He <u>claims</u> **to be** <u>the rightful heir</u>.
他聲稱是合法的繼承人。

◈ It continues **to rain** hard.
繼續下大雨。

◈ How did you manage **to get** here so early?
你這麼早到是怎麼辦到的？

◈ I don't think he dares **to come** again.
我想他不敢再來了。

◈ She finally decided/determined/resolved **to leave** him.
她最後終於決定離開他。

◈ They declined **to accept** his offer.
他們拒絕接受他的出價。

◈ She deserves **to be rewarded**.
她應該受到獎賞。

◈ I can't endure **to see** animals cruelly treated like that.
我不忍看到動物受到如此虐待。

◈ Mike endeavored **to build a multinational corporation**.
邁克竭力成立一家跨國公司。

◈ I didn't expect **to meet** you here.
我沒想到會在這裡見到你。

◈ He failed **to solve** the difficult math problem.
他沒有解出那道數學難題。

◈ Don't fear **to tell** the truth.
不要怕說實話。

◈ Don't forget/neglect **to lock** the door.
不要忘記鎖門。

◈ I guarantee **to pay** the debt for her.
我保證替她還債。

◈ I hate **to work** with him.
我不喜歡和他一起工作。

◈ I hesitate **to take** the risk.
我不願意冒這個險。

◈ I hope/desire/wish **to hear** from you soon.
我希望不久能收到你的來信。

◈ What do you intend/mean **to do** with it?
你打算怎麼樣處理它？／你打算用它來做什麼？

◈ I began **to learn to skate** at the age of ten.
我十歲開始學溜冰。

◈ I like/love **to** window shop.
我喜歡逛街。

◈ You don't need **to come** so early next time.
你下次不必這麼早來。

◈ He offered **to lend** me ten thousand pounds.
他主動借我一萬英鎊。

◈ The gangsters planned **to rob** the bank.
那些匪徒圖謀搶劫銀行。

◈ He hurried to his hotel and prepared **to catch** the train for New York.
他匆忙趕到他的旅館，準備趕搭去紐約的火車。

◈ You'd better not pretend to know what you don't know.
你最好不要不懂裝懂。

◈ She promised/consented/agreed **to write** to me first when she found a new job.
她答應我當她找到新的工作時，會先給我寫信。

◈ He <u>promised</u> her **to buy** a gold necklace.
他答應買一條金項鏈給她。
（不定詞 to buy a gold necklace 作直接受詞，her 是間接受詞）

◈ I <u>propose</u> **to adjourn** the meeting.
我建議休會。

◈ The premier <u>refused</u> **to resign**.
首相拒絕辭職。

◈ I <u>regret</u> **to tell** you that your son was arrested.
很遺憾告訴你，你的兒子被捕了。

◈ <u>Remember</u> **to buy** some bread, milk and jam when you go out.
你出去的時候記得要買麵包、牛奶和果醬。

◈ When <u>did</u> they <u>start/begin</u> **to build** the bridge?
他們什麼時候開始畫這座橋的？

◈ They <u>swore</u> <u>never</u> **to separate**.
他們發誓永不分離。

◈ I <u>thought</u> **to call on** you yesterday evening, but it was too late.
我昨晚本來打算去找你，但時間太晚了。

◈ A stranger <u>threatened</u> **to murder** Mr. Smith.
一個陌生人揚言要謀殺史密斯先生。

◈ He <u>is trying</u> **to give up** smoking.
他正在努力戒菸。

(二)有時可用虛受詞 it 代替不定詞放在述語動詞之後，將作受
詞補語的形容詞、名詞或代名詞放在 it 後面，而將作真正

受詞的不定詞放在句尾,即「主詞+述語動詞+it+形容詞
或名詞代名詞+不定詞」。如:

◈ I think **it** would be better **to rewrite** the report.
我認為最好改寫這報告。

◈ I feel **it** is our duty **to help** others.
我認為幫助別人是我們的責任。

◈ She found **it** easy **to answer** this question.
她覺得這個問題很容易回答。

4.3 不定詞作介詞的受詞

不定詞只可作 about, but, except, than 4 個介詞的受詞。如:

◈ Dick's brother is about **to go** abroad.
狄克的哥哥快出國了。
(about 之前只可是動詞 be,後面才可銜接不定詞作受詞)

◈ The old man desires nothing but **to sleep**.
那個老人只想睡覺。

◈ There was nothing to do but/except **remain**.
除了留下別無他法。

◈ His son does nothing but **play** chess.
他的兒子除了下西洋棋什麼都不幹。

◈ Now we have nothing to do except **to wait**.
我們除了等待別無他法。

◈ He can do everything except **to cook**.
他除了做飯什麼都會幹。

◈ I find it easier to work <u>than **to be** idle</u>.
我覺得工作比什麼都做容易。不做事或什麼都不做或不工作

◈ He knows better than **to approach** <u>the snare</u>.
他明明知道不可以靠近圈套。

4.4 不定詞作主詞補語

(一)appear(看來、似乎、顯得)，be(將要、打算)，look(似乎是、看起來)，prove(證明、結果是)，remain(尚待)，seem(似乎、看來)等聯繫動詞後可接不定詞片語作主詞補語。如：

◈ My goal <u>is</u> **to win** <u>the match</u>.
我的目的是贏得比賽。

◈ He <u>doesn't seem</u> **to like** <u>the idea</u>.
他似乎不喜歡這個想法。

◈ The old singer <u>looks</u> **to be** <u>a young woman of thirty</u>.
這位老歌手看起來就像一個三十歲的年輕女子。

◈ These problems <u>remain</u> **to be solved**.
這些問題有待解決。

◈ The news proved **to be** <u>false</u>.
這消息證明是錯的。

◈ You <u>appear</u> **to have traveled** <u>a lot</u>.
你似乎到過不少地方。

(二)bother（費事），care（願意），happen（碰巧、恰好），hesitate（猶豫），long（渴望），trouble（費事、費心）等聯繫動詞後接不定詞作主詞補語時，它們不像一般的主詞補語那樣表示主詞的內容、屬性和特徵，而是表示主詞所做的動作。如：

◈ Don't bother **to meet** me at the station.
　不用到車站接我。
　（後接不定詞的 bother 只能用於否定形式）

◈ He might not care **to go**.
　他可能不想去。

◈ I happened **to meet** my grandfather's teacher yesterday.
　我昨天碰巧遇見了我祖父的老師。

◈ Don't hesitate **to tell** the truth.
　不要猶豫講實話。

◈ He longed **to see** her.
　他渴望見到她。

◈ Don't trouble yourself **to bring** me anything.
　不用帶東西來給我。
　（後接不定詞的 trouble 只能用於否定式或疑問式，不能用於肯定式）

4.5 不定詞作受詞補語

　　不定詞在某些動詞的受詞之後可以當受詞補語，受詞是不定詞動作的執行者。用在此場合的不定詞有些必須帶 to，有些不可帶 to，有些可帶 to 或不帶 to。

（一）作受詞補語必須接帶 to 的不定詞。

　　後接受詞補語必須接帶 to 的不定詞的動詞，常見的有 advise（建議、勸），allow（允許、讓），ask（要求、請求），beg（乞求、懇求），bribe（賄賂），cause（致使、引起），challenge（挑戰、盤問），command（命令、支配），compel（強迫、迫使），dare（慫恿、挑戰），desire（想要、希望），enable（使能夠），encourage（鼓勵），entitle（有權或有資格……），expect（期待、預料），forbid（禁止、不讓），force（強迫、迫使），get（使），hate（不願意），hire（雇），implore（懇求、哀求），induce（誘使、促使），instruct（囑咐、指示），intend（打算、有……的意圖），invite（邀請），leave（讓、任憑），like（喜歡、想、願意、希望），oblige（迫使），order（命令、吩咐），permit（准許、允許），persuade（說服、勸說），prefer（寧願、更喜歡），prepare（把……準備好），press（敦促、催逼），recommend（建議），remind（提醒），request（請求、要求），teach（教），tell（讓、吩咐），tempt（吸引、誘使），trouble（麻煩），trust（信任、放心讓），urge（力勸、敦促），want（想要、希望），warn（警告、告誡），wish（希望、願意）等。如：

◈ He <u>advised</u> me **to keep** silent at the meeting.
　他建議我開會時保持沈默。

◈ Please <u>allow/permit</u> me **to introduce** your new teacher.
　請容我介紹你們的新老師。

◈ He <u>asked</u> me **not to open** the window.
　他要我別開窗戶。

◈ He <u>begged/implored</u> her **to have** a good rest.
　他懇求她好好休息。

◈ A high official <u>bribed</u> one of the witnesses **to give** <u>false</u>
<u>evidence</u>.
有一位高級官員賄賂證人做偽證。

◈ The flood <u>caused</u> the bridge **to collapse**.
洪水沖倒橋樑。

◈ He <u>challenged</u> me **to swim** <u>across the strait</u>.
他向我挑戰要游泳橫渡此海峽。

◈ The officer <u>commanded/ordered</u> his men **to fire**.
那名軍官命令他的部下開火。

◈ The police <u>compelled/forced/obliged</u> him **to confess**.
警方迫使他承認。

◈ I <u>dare</u> you **to say** <u>that again</u>.
你敢再說一次試試看。

◈ What do you <u>desire</u> her **to do**?
你想要她做什麼？

◈ This <u>enabled</u> her **to succeed**.
這使她成功。

◈ I don't know who <u>encouraged</u> him **to do** <u>so</u>.
我不知道誰鼓勵他這樣做的。

◈ We <u>expect</u> him **to arrive** <u>on time</u>.
我們期望他準時到達。

◈ You have no right to <u>forbid</u> anybody **to leave** <u>here</u>.
你無權禁止任何人離開這裏。

◈ You'd better <u>get</u> her **to come** <u>over here</u>.
你最好讓她到這裏來。

◈ I <u>hate</u> the children **to quarrel**.
我不喜歡這些孩子吵架。

◈ He'll <u>hire</u> a dozen men **to dig** <u>a ditch.</u>
他要雇十二個人挖一條溝。

◈ Nothing could <u>induce/tempt</u> me **to do** <u>it</u>.
什麼都不能引誘我做此事。

◈ The general <u>instructed</u> his men **to withdraw**.
那將軍指示他的部下撤退。

◈ Where <u>did</u> you <u>intend</u> for her **to go**?
你打算讓她到哪裡去？

◈ She <u>invited</u> us **to come** <u>and</u> **live** <u>with her for a few days</u>.
她邀請我們去和她一起住幾天。

◈ You just <u>leave</u> her **to do** <u>it herself</u>.
你就讓她自己去做這事吧。

◈ He <u>likes</u> his wife **to dress** well.
他喜歡他的妻子打扮得宜。

◈ I <u>would like</u> you **to come** <u>and</u> **have** <u>supper with me</u>.
我希望你來跟我一起吃晚飯。
(like 表示「想、願意、希望」時，常和 would 或 should 連用)

◈ You'd better <u>persuade</u> him **to take** <u>the job</u>.
你最好勸他接受這分工作。

◈ They <u>preferred</u> her **not to marry** <u>the billionaire</u>.
他們寧願她不嫁給這個億萬富翁。

◈ The college <u>prepares</u> boys **to enter** <u>the army as officers</u>.
這間大學培養男生進入陸軍當軍官。

◈ Please <u>remind</u> me **to answer** her letter.
請提醒我回信給她。

◈ We <u>requested</u> that he **to attend** the opening ceremony.
我們請求他參加開幕式。

◈ <u>Tell</u> her **to wait** for me at the gate at noon.
叫她中午在大門口等我。

◈ <u>May</u> I <u>trouble</u> you **to buy** some food for me?
可否拜託你為我買些吃的？

◈ He <u>can't trust</u> anyone **to do** this for him.
無論誰替他辦這件事，他都不放心。

◈ The mayor <u>urged</u> the population **to remain** calm.
市長呼籲居民保持冷靜。

◈ What <u>does</u> he <u>want</u> me **to do**?
他要我做什麼？

◈ I <u>have warned</u> you **not to go** out at night.
我已經警告過你晚上不要出門。

◈ You know I <u>wish</u> her **to be** happy.
你知道我希望她幸福。

注：由不可帶 to，或可帶 to 或不帶 to 的不定詞作受詞補語的用法，參看：
5.2 原形不定詞用於知覺動詞後作受詞補語；5.3 原形不定詞用於使役
動詞後作受詞補語；5.4 使用原形不定詞的其他場合。

(二) believe（相信），consider（認為），declare（聲明），discover（發現），find（發現），imagine（設想），presume（揣想、估計），prove（證明），suppose（認為），think（認為），以及 understand（瞭解、知道）等動詞後可作受詞補語的不定詞

主要是 to be。其中 believe, consider, declare, find, imagine, prove, think 等動詞的受詞之後的 to be 常可省略。如：

❖ They <u>believe</u> him **(to be) innocent**.
他們相信他是無辜的。

❖ I <u>believe</u> her **to have done** <u>her homework</u>.
我想相信她已做了作業。
（believe 之後作受詞補語的不定詞還可以是 to be 以外的其他動詞的完成式）

❖ I <u>consider</u> the man **(to be) too lazy**.
我認為這人太懶。

❖ She <u>considered</u> him **to have acted** <u>disgracefully</u>.
她認為他的行為很不光彩。
（consider 之後作受詞補語的不定詞還可是 to be 之外的其他動詞的完成式）

❖ They <u>declared</u> his story **(to be) false**.
他們聲明他的故事是虛構的。

❖ We <u>have discovered</u> him **to be** <u>untrustworthy</u>.
我們已發現他很不可靠。

❖ We <u>found</u> him **(to be) dishonest**.
我們發現他不誠實。

❖ <u>Imagine</u> yourself **(to be) in his place**.
從他的角度設想一下。

❖ He <u>proved</u> himself**(to be) a good teacher**.
他證明自己是好老師。

◈ I <u>suppose</u> her **to be** thirty-one.
我猜她三十一歲。

◈ They <u>thought</u> him(**to be**) a spy.
他們認為他是間諜。

注一：動詞 feel 的受詞後作補語的不定詞如為動詞 be，不定詞，to be 可省略；如為其他動詞，不定詞皆不帶 to。如：

  ◈ She <u>felt</u> herself(**to be**) **right**.
  她覺得自己是對的。

  ◈ I <u>felt</u> the house **rock**.
  我感到房子在震動。

  ◈ All of them <u>felt</u> the atmosphere **grow** tense.
  他們都感到氣氛變緊張了。

注二：動詞 know, understand 的受詞補語如為不定詞，動詞可以是 be 或其他動詞，know 為簡單現在式時，只可用 to be。know 為過去式或完成式時，可用其他動詞，多帶 to，有時也可省略 to。如：

  ◈ I <u>know</u> him **to be** a fool.
  我知道他是傻瓜。

  ◈ I <u>have known</u> him(**to**) **lie**.
  我知道他曾經撒謊。

  ◈ He <u>knew</u> himself **to be** in a difficult position.
  他知道他的處境困難。

  ◈ I never <u>knew</u> her(**to**) **lose** her temper.
  我從來沒聽說過她發脾氣。

  ◈ I <u>understand</u> him **to be** a distant relation.
  根據我的理解，他是遠親。

  ◈ I <u>understood</u> him **to say** that he was busy.
  根據我的理解，他說他很忙。

4.6 不定詞作名詞或代名詞的修飾語

不定詞通常在名詞或代名詞之後作修飾語，或稱定語。被修飾的名詞或代名詞可能是不定詞意義上的主詞(sense subject)，或是不定詞意義上的受詞(sense object)。如：

◈ The next <u>plane</u> **to arrive** is from Tokyo.
下一班飛機來自東京／從東京起飛。

（不定詞 to arrive 修飾名詞 plane。the next plane 是 to arrive 意義上的主詞）

◈ The <u>man</u> **to see** is Wilson.
要見的人是威爾遜。

（不定詞 to see 修飾名詞 the man。the man 是 to see 意義上的受詞）

◈ Would you like <u>something</u> **to drink**?
你想喝點東西嗎？

（不定詞 to drink 修飾代名詞 something。something 是 to drink 意義上的受詞）

4.7 不定詞作狀語

不定詞作狀語可修飾動詞、形容詞、副詞。作狀語的不定詞稱為狀語不定詞(adverb-infinitive)。

（一）可修飾動詞，作目的、結果、條件或原因等狀語，句中的主詞通常是不定詞意義上的主詞。如：

◈ She <u>left</u> for Taipei **to live** <u>with her mother</u>.
她去台北與她母親一起生活。

（to live with her mother 修飾動詞片語 left for Taipei，作目的狀語）

◈ He <u>hurried</u> to the railway station only **to find** that the train had gone.

他趕到火車站時只發現火車已經開了。

（to find that the train had gone 修飾動詞片語 hurried to the railway station，作結果狀語）

◈ I <u>rejoiced</u> **to see** her again.

我非常高興再次見到她。

（to see her again 修飾動詞 rejoiced，作原因狀語）

◈ He <u>must have worked hard</u> **to have achieved** great success.

他能獲此偉大成就一定是經過努力的結果。

（to have achieved great success 修飾動詞片語 must have worked hard，作結果狀語）

◈ **To watch** <u>you dance</u>, people might take you for a professional dancer.

看你跳舞可能會以為你是職業舞者。

（to watch you dance 修飾後面的主要子句，作條件狀語）

（三）可修飾形容詞，作原因或方面狀語。

不定詞作狀語，可修飾表示人的情緒、素質、態度等的形容詞，通常置於形容詞之後，表示原因，或在某方面存在述語動詞所表示的情況。句中的主詞是不定詞意義上的主詞，常用的形容詞有 able（有能力的），afraid（害怕的），amazed（吃驚的），angry（生氣的），annoyed（不耐煩的），anxious（焦急的），apt（易於……的），ashamed（不好意思的），astonished（吃驚的），careful（小心的），clever（聰明的），content（滿意的），cruel（殘酷

的），curious（好奇的），delighted（高興的），desirous（渴望的），destined（註定的），determined（有決心的），disappointed（失望的），eager（渴望的），fit（適合的），foolish（愚蠢），fortunate（幸運的），free（隨意的），frightened（害怕的），glad（高興），grieved（悲痛的），happy（愉快、高興），hesitant（猶豫），impatient（不耐煩），inclined（傾向於），kind（好意的），liable（很可能），likely（很可能），lucky（幸運），pained（苦惱、難過），pleased（高興），prepared（準備的），prompt（迅速的、立刻的），proud（驕傲、自豪），quick（迅速的、敏於），ready（願意、樂於），reluctant（不願意），right（正確的），rude（粗魯無禮），sad（悲傷、難過），shocked（感到震驚的），slow（不易於），sorry（難過、抱歉），surprised（感到震驚），unwilling（不願意的），upset（難過的），willing（情願的），worthy（值得、配得上）等。如：

◈ I am glad **to meet** you.
　　我很高興見到你。
　　（to meet you 修飾表示情緒的形容詞 glad，作原因狀語）

◈ Be careful not **to drive** too fast.
　　小心別開太快。
　　（not to drive too fast 修飾形容詞 careful，做方面狀語）

　　不定詞作狀語，可修飾表示人或物特點的形容詞，通常置於形容詞之後，表示在某方面存在述語動詞所表示的情況。句中的主詞是不定詞意義上的受詞，常用的形容詞有 comfortable（舒適），difficult（困難），dull（愚笨的），easy（容易的），fit（適合的），good（好的、有益的），hard（難的），harm（有害的），interesting（有趣的），nice（好的、愉快的）等。如：

◈ The man is <u>easy</u> **to get along with**.

這人很容易相處。

（to get along with 修飾形容詞 easy，作方面狀語）

◈ Is this <u>fit</u> **to eat**?

這能吃嗎？

（to eat 修飾形容詞 fit，作方面狀語）

(四)可在某些固定搭配的結構中修飾副詞，形容詞或名詞，作
目的、結果、原因或方面狀語。

1. 不定詞置於 in order 或 so as 的後面，用以修飾副詞，作目
的狀語。句中的主詞是不定詞動作的執行者。如：

◈ I got up <u>early</u> **in order to catch** <u>the train</u>.

為了趕火車我早起。

（in order to 可放在句中或句首）

◈ Go in <u>quietly</u> **so as not to wake** <u>the baby</u>.

進去要小聲一點，以免把嬰兒吵醒。

（so as to 一般不用在句首，只用在句中）

2. 「too＋形容詞或副詞＋不定詞」表示「太……而不
能……」，不定詞用肯定形式表示否定意義。其中的不定
詞，用以修飾副詞，作結果狀語。句子的主詞是不定詞動
作的執行者。如：

◈ He was **too** <u>tired</u> **to go** <u>any farther</u>.

他累得再也走不動了。

◈ She is **too** <u>polite</u> **to ever say** <u>anything like that</u>.

她甚有禮貌，從未說過那樣的話。

注：有時"too... to..."的結構並不總是表示「太……而不能……」，在句中
有不同的功用。如：

◈ I'm **only too** glad to be with her.
我和她在一起太高興了。
(only too＝very，表示「非常」，「極為」，此處用以修飾 glad, to be with
her 也用以修飾 glad，作原因狀語)

◈ He will be only **too** happy **to comply**.
他非常願意服從。
(too ready 表示很會，很喜歡，此處不定詞 to speak 也用以修飾 ready，作方
面狀語)

◈ He had **too** much **to drink**.
他喝多了。
(此處 too 修飾 much，不定詞 to drink 也用以修飾 much，做方面狀語)

3. 「名詞／形容詞／副詞＋enough to...」表示「足可……」，
不定詞用以修飾前面的片語，作結果狀語。如：

◈ He has money **enough to buy** a Rolls Royce.
他有足夠的錢買一輛勞斯萊斯。
(to buy a Rolls Royce 用以修飾名詞片語 money enough，作結果
狀語)

◈ The knife is sharp **enough to carve** the turkey.
這刀滿鋒利的，可以切火雞肉。
(to carve the turkey 用以修飾形容詞片語 sharp enough，作結果狀
語)

◈ I run fast **enough to catch up with** him.
我跑得滿快的，可以趕上他。
(to catch up with him 用以修飾副詞片語 fast enough，作結果狀
語)

　　"so... as to"表示「太……以致……」，so 的後面可接形容詞或副詞，不定詞用以修飾前面的片語，作結果狀語。如：

◈ He couldn't be **so** mean **as to do** a thing like that.
　他不會卑鄙到做出像那樣的事。

◈ Don't play **so** hard **as to become** tired.
　不要那麼拼命地玩，以致太累。

4. "such... as to"表示「這樣……以致……」，such 的後面必須接名詞，不定詞用以修飾前面的名詞片語，作結果狀語。如：

◈ I am **such** a fool **as to trust** him.
　我真是太傻了，竟然相信他。

◈ He is **such** a cruel man **as to kill** his wife.
　他真殘酷，居然殺害了他的妻子。

　　"only to..."強調作狀語的不定詞片語表示的結果是「原未意料到的」；「令人失望的」。如：

◈ He lifted a rock **only to drop** it on his own feet.
　他搬起石頭，卻砸了自己的腳。

◈ He hurried to the bank **only to find** it closed.
　他趕到銀行只見它關門了。

4.8 不定詞作獨立成分

　　不定詞有時與其他部分沒有文法聯繫而獨立存在，稱為獨立不定詞(absolute infinitive)，在句中充當獨立成分，具有修飾全句的作用，通常被逗點與句子中其他部分隔開。常見的獨立不定詞有：

to begin with 首先

to be brief 簡單來說

to cut/make a long story short 長話短說，簡而言之

to sum up 總而言之，約略說來

to conclude 總而言之

to be exact 精確地說

to be sure 的確，當然

glad to say 說來很高興

needless to say 不用說

needless to add 不用多說

sad to say 說也可悲

sorry to say 說來很難過／遺憾

strange to say 說也奇怪，奇怪的是

so to speak 可謂，可以說

to put it mildly 說得婉轉些，禮貌地說

to say the least 至少可以這樣說，退一步說

to use his own words 用他自己的話說

to use the expression of the time 用現在的話說

to give him his due/to do him justice 平心而論，說句公道話

not to speak of/not to mention/to say nothing of/let alone 更不用說

to be frank/to be frank(plain/candid) with you/to speak frankly
坦白地說

to tell the truth/to tell you the truth 老實說，說實話

to crown all 尤其是，更糟糕的是，更使人高興的是

to top it all/to top it off 更有甚者，最妙的是，最糟糕的是

to make things/matters worse 更糟糕的是

to change the subject/to pass to another subject 換個話題

to resume the thread of one's discourse 繼續已中止的議論，言歸正傳

to return to our muttons/to return to the subject 回到本題，言歸正傳

◈ **To begin with**, I don't like the shape of the car.
首先，我不喜歡這輛車的外形。

◈ **To make matters worse**, I lost my wallet on the way back.
更糟的是，我在回來的路上遺失了錢包。

◈ He is a walking encyclopedia, **so to speak**.
他可說是一部活生生的百科全書。

◈ **To tell the truth**, I didn't even know him.
說實話，我根本就不知道他是誰。

◈ **To be frank with you**, he is not the kind of person we want.
坦白地說，他不是我們需要的那種人。

◈ **Glad to say**, he will be my brother-in-law.
說來高興，他將成為我的姐夫。

◈ **To make a long story short**, we need money.

　　長話短說，我們需要錢。

◈ **Not to say** he is a great man, but he has a great deal of influence over others.

　　雖然不能說他是偉人，但他對別人有很大的影響。

◈ **To say the least**, we were not at all pleased with her work.

　　至少可以這樣說，我們對她的工作一點也不滿意。

◈ **To put it mildly**, she was angry at almost everybody.

　　婉轉／禮貌的說法是，她幾乎對每個人都發脾氣。

◈ It rained, I had no umbrella, and, **to crown all**, I missed the last bus and had to walk home.

　　下雨了，我沒帶傘，更糟糕的是我沒趕上最後一班公共汽車，只好步行回家。

◈ She fell nearly 90 feet, but, **strange to say**, the fall didn't kill her.

　　她從近九十英尺的高處跌下，但是，說來奇怪，竟然沒摔死。

◈ **To use his own words**, it's worth little.

　　套(用)他的說法，它毫無價值。

◈ **To give him his due**, he is honest.

　　平心而論，他是正直的人。

◈ **Needless to say**, they were not at home when he went to get the money.

　　不用說，他去向他們收錢，他們肯定不接見。

◈ **To change the subject**, how is Marina getting on?

　　說點別的吧，瑪麗娜過得怎麼樣？

4.9 不定詞作感歎語用於感歎句中

　　不定詞(片語)作感歎語(exclamation)用於感歎句中，常常沒有主詞和述語動詞。

(一)由不定詞片語「to think＋that 子句」構成的感歎語，省略了主詞，隱含的主詞是第一人稱代名詞，表示現在對過去所做過或經歷過的事感到驚訝、愚蠢、不滿或遺憾，具有意在言外的感歎。如：

◈ **To think** that she could be so ruthless!
　　真沒想到她如此殘酷無情！

◈ **To think** that he should die so young!
　　真沒想到他那麼年輕就去世了！

◈ **To think** you could be so ungrateful!
　　真沒想到你會如此忘恩負義！

◈ **To think** that I was once a millionaire!
　　我不願意去想我曾經是百萬富翁！

(二)用作感歎語的不定詞(有時也可用不帶 to 的不定詞)如不是以 think，而是以其他動詞開頭時，句子隱含的主詞(implied subject)可以從引導性主詞(introductory subject)、呼語(vocative/direct address)或前面的語境中體現出來。如：

◈ You fool, **to forget** your wedding anniversary!
　　你這呆子，竟然把你的結婚紀念日忘了！

◈ Oh, **to treat** his parent so!
　　噢，他竟然那樣對待他的父母！

（三）由 Oh 或 O 引導的不定詞片語，表示一種假設的感歎性願望，隱含的主詞是第一人稱代名詞。如：

◈ Oh **to be** at home!
　唉，我現在要是在家該有多好！
　（此句相當於"I wish I were at home."）

◈ Oh **to be** free!
　唉，我現在要是自由了多好！
　（此句相當於"I wish I were free."）

◈ Oh **to be** a pupil again!
　唉，我要是再回到小學生的時代多好！
　（此句相當於"I wish I were a pupil again."）

5 原形不定詞

原形不定詞（bare infinitive）是不帶 to 的不定詞（infinitive without to），也就是原形動詞。

5.1 在助動詞或情態助動詞後一般用原形不定詞

原形不定詞一般用在助動詞或情態助動詞後，一起構成述語動詞，但在助動詞 have, be 和情態助動詞 ought, used 後面要接帶 to 的不定詞。如：

◈ I do **believe** you.
　我真的相信你。

◈ It can't **be** true.
　這不可能是真的。

◈ Must I **stay** here after school?
我放學後必須留在這裏嗎？

◈ She is **to leave** for Paris.
她將要去巴黎。

◈ He has **to pay** the debt.
他不得不還債。

◈ He used **to smoke** a lot.
他過去抽很多菸。

◈ You ought **to tell** me.
你應該告訴我。

◈ You oughtn't **to drive** yourself so hard.
你不該把自己操得那麼累。／操到這種地步。

◈ Ought you **to drive** yourself so hard?
你該把自己操得這麼累嗎？／到這種地步嗎？

5.2 原形不定詞可用於知覺動詞後作受詞補語

原形不定詞用於 see(看見)，hear(聽見)，feel(感到、覺得)，watch(看、觀看)，notice(注意到、覺察到)，look at(看)，listen to(聽、傾聽)，observe(觀察、看到)，perceive(察覺)等感官動詞後作受詞補語，但在此類動詞的被動語態之後作主詞補語時，要用帶 to 的不定詞。如：

◈ I heard her **sing** a good song.
我聽到她唱一首好歌。

◈ She <u>was heard</u> **to sing** a good song.
有人聽到她唱一首好歌。
（本句為被動形式，用帶 to 的不定詞作主詞補語）

◈ Mr. Smith <u>noticed</u> the boy **go** out of the room.
史密斯先生注意到那男孩出了房間。

◈ The boy <u>was noticed</u> **to go** out of the room by Mr. Smith.
那男孩被史密斯先生注意到走出了房間。
（本句為被動形式，用帶 to 的不定詞作主詞補語）

◈ I <u>felt</u> the house **rock**.
我感到這房子在晃。

注：feel 之後的受詞補語如為動詞 be 的不定詞時，要用 to be，因此時
　　feel 表示「覺得，認為」，相當於 believe，不是知覺動詞。如：

　　◈ I <u>felt</u> them **to be** right.
　　　我覺得他們是對的。

　　◈ She <u>felt</u> herself **to be** unwanted.
　　　她認為自己是多餘的。

5.3 原形不定詞可用於使役動詞後作受詞補語

(一)原形不定詞可用在使役動詞 make(使、迫使)，have(讓、
　　使)，bid(囑咐、命令)後作受詞補語。have 沒有被動語態。
　　在 make 或 bid 的被動語態之後作主詞補語時，要用帶 to 的
　　不定詞。如：

◈ He <u>made</u> us **laugh**.
他使我們發笑。

◈ We <u>were made</u> **to laugh**.
我們被逗笑了。
（本句的主要動詞 make 為被動形式，用帶 to 的不定詞作主詞補語）

◈ She <u>bade</u> me <u>(**to**)</u> **wait**.
她要我等一等。
（bid 後作受詞補語的動作多用原形不定詞，但有時也可用帶 to 的不定詞）

◈ I <u>was bidden</u> **to wait**.
她要我等一等。

◈ We're going to <u>have</u> her **live** with us.
我們準備讓她和我們住在一起。

（二）原形不定詞可用在使役動詞 let（讓、允許、聽任）後作受詞
補語。drop, fall, fly, go, loose, slip, be 等不帶 to 的不定詞，
還可直接置於 let 之後。let 較少用被動語態，在 let 的被動
語態後作主詞補語時，可用帶 to 的不定詞也可用原形不定
詞。如：

◈ <u>Don't let</u> children **play** here.
不要讓小孩在這裡玩。

◈ Mrs. Scott agreed to <u>let</u> her daughter **marry** him.
史考特夫人同意讓她的女兒嫁給他。

◈ The old man <u>let</u> **drop/fall** his walking stick.
這老人的拐杖滑掉了。
（let drop/fall 在此表示「讓……落下」）

◈ You <u>mustn't let</u> **go** of this good opportunity.
你絕對不要放過這個好機會。
（let go 可表示「放過」、「放鬆」、「放掉」、「不想」等）

◈ He <u>let</u> **loose** his indignation.
他盡情發洩他的憤慨。
（let loose 在此表示「發洩」）

◈ It would be a pity <u>to let</u> **slip** such a good opportunity.
錯過這樣一個好機會真可惜。
（let slip 在此表示「錯過」）

◈ Grass <u>was let</u>**(to) grow**.
雜草叢生。

5.4 使用原形不定詞的其他場合

（一）help（幫助）與 find（發現）後作受詞補語的不定詞可省略 to，
在美式英文中，help 後的 to 大多省略。如：

◈ I'll <u>help you</u>**(to) solve** the problem.
我來幫你解決這個問題。

◈ He was surprised **to find** the sheep**(to) break** out of the pen.
他驚訝地發現羊越過了羊欄。

（二）在 had better（最好），would rather（寧願），had rather（寧願），would sooner（寧願）等後面要用原形不定詞。如：

◈ You <u>had better</u> **finish** your homework first.
你最好先完成你的功課。

◈ I <u>would rather</u> **not go** out tonight.
我今晚寧願不出去。

◈ He <u>would sooner</u> **live** by himself.
他寧願獨自過活。

◈ Better **not wait** for them.
最好不要等他們。
(had better 中的 had 有時可省略，可在 better 後接原形不定詞)

(三)在介詞 than 前用原形不定詞時，其後的不定詞須用原形不
定詞；在 than 前的不定詞如帶 to，其後的不定詞一般帶
to，但也可不帶 to。如：

◈ I would rather **stay** at home **than go** to the movies.
我寧願待在家裡也不願去看電影。

◈ You cannot **do** better **than her**.
你找不到她更棒的女孩子。

◈ People could not **do** anything other **than admire** her.
大家不得不羨慕她。

◈ I think you can't **do** better **than this house**.
我認為你找不到比它更好的房子了。

◈ He would sooner **die than yield**.
他寧死不屈。

◈ It was better **to laugh than to cry**.
笑比哭好。

◈ I would rather **stay** at home **than go** to see such a film.
我寧願待在家裏，也不願去看這樣的電影。

◈ I prefer **to do** housework rather **than(to) go** on an outing
with you.
我寧願做家事也不願跟你出遊。

(四)介詞 but(除去)或 except(除去)在 do(只限於 do) nothing/
anything/everything 的後面時要接原形不定詞。如：

◈ Can't you **do** anything **but/except watch** TV?
　你除了看電視，你可以做點別的嗎？

◈ He can **do** everything **except/but cook**.
　他除了做飯什麼都會。

◈ They **did** nothing **except/but play**.
　他們會玩而已。

注：在 but(除去) 或 except(除去) 之前如為帶 to 的不定詞或述語動詞，在 but、except 之後，要接帶 to 的不定詞。如：

　◈ Nothing remains for me **to do**, **except to do** some reading.
　　我除了看書外，沒有別的事要做了。

　◈ I **had** no alternative **but to resign**.
　　我別無選擇，只好辭職。

在 anything/everything/nothing 之前如不是動詞 do，but 或 except 之後就要接帶 to 的不定詞。如：

　◈ He **desires** nothing **except/but to drink** a cup of cold water.
　　他只想喝一杯冰水。

　◈ They **wanted** nothing **but to stay** there.
　　他們只不過想待在那裡。

在 but/except 之前如為"There be＋nothing to do"時，but 之後的不定詞可以省略 to。如：

　◈ There was nothing **to do but/except(to) leave** there.
　　除了離開那裏別無他法。

　◈ There was nothing I can **do but/except(to) resign**.
　　我只好辭職別無他法。

(五)can but(只得、只能)，can not but(不得不、只得、不禁)，cannot choose but(不得不、只好)，cannot help but(不得不、不免、勢必) 等必須接原形不定詞。如：

◈ I **can but look** away.
　我只能把目光移向別處。

◈ I **could not but laugh**.
　我禁不住笑了起來。

◈ I **cannot choose but tell** her the truth.
　我別無選擇，只好把實情告訴她。

◈ You **can't help but respect** him.
　人們不由得尊敬他。

(六) 在 do no more than(＝do nothing but，表示「除了……都不做」)和 can not do otherwise than(＝cannot but 表示「不得不、不禁」)等後面必須接原形不定詞。如：

◈ They **do no more than play** chess.
　(＝They **do nothing but play** chess.)
　他們除了下西洋棋什麼都不做。

◈ I **cannot do otherwise than laugh**.
　(＝ I **can do no otherwise than laugh**.)
　我不能不笑。

(七) 在 why(為什麼)和 why not(為什麼不)後面必須接原形不定詞。如：

◈ **Why worry** about your future?
　為什麼要擔心你的未來呢？
　(why 後面接原形不定詞的隱含意思是沒有必要這樣)

◈ **Why not call** a taxi since you are almost late?
　你都快要遲到了，為什麼不叫計程車？
　(why not 後面接原形不定詞的真正作用是向對方提出建議)

(八)原形動詞 go(去)，come(來)等在口語中可接原形不定詞。
如：

◈ I'**ll go see**.
我去看看。

◈ **Come have** a talk.
來聊一聊。

(九)在聯繫動詞 be 後面作主詞補語的不定詞，如是用以說明
what 引導的名詞子句或修飾 all, thing 等後面的形容詞子句
中的動詞 do(只限於 do)時，不定詞雖然可帶to，但多用原
形不定詞，在美國口語中更是常省略 to。如：

◈ All that we **do** every day is(**to**) **study**.
我們每天淨是讀書。

◈ All I **did** was(**to**) **give** him a good lesson.
我只是好好教訓了他一頓。

◈ What he wants **to do** is(**to**) **build** a pyramid on that land.
他想在那塊土地上建造一座金字塔。

◈ The only thing I want **to do** is(**to**) **sleep**.
我現在只想睡覺。

◈ The best thing they can **do** is(**to**) **stay** out of our electoral
process.
他們最好不要插手我們的選舉。

(十)當兩個或兩個以上的不定詞對等使用時，為了避免重複，
除第一個不定詞須帶 to外，後面的不定詞一般可以省略
to。如：

◈ It is a healthy habit **to go** to bed early and **get** up early.
早睡早起是有益健康的習慣。

◈ She decided **to attend** college and **get** a degree.
她決定上大學並取得學位。

◈ Some people plan **to buy** computers and **work** at home.
有些人計畫購買電腦以便在家裡工作。

注：當並用的不定詞所表達的意思表示對比或對照時，不定詞的 to 不可省
略。如：

◈ I think it better **to try** than **not to try at all**.
我認為有試總比沒試好。

◈ The house is **to be let**, **not to be sold**.
此屋出租，不出售。

(十一)原形不定詞用於某些習語中，如 go hang(聽之任之，被
忘卻，讓……見鬼去)，hear say/hear speak/hear talk/hear
tell(風聞)，make believe(假裝)，make do(湊合著用)等。
如：

◈ Mr. Johnson let his business **go hang** after his wife died.
太太過世後，強森先生對事業漠不關心。
(為用於英式英文)

◈ I**'ve heard say** that she has been married before.
我聽說她以前結過婚。

◈ Alice **made believe** she didn't hear her mother calling.
愛麗絲假裝沒有聽到母親的叫喚。

◈ There is not much of it, but I'll try **to make do**.
東西不多，但我會將就著用。

6 不定詞的特殊結構

6.1 不定詞的獨立構句

　　不定詞具有它自己的獨立主詞時，二者即構成不定詞的獨立構句(absolute infinitive construction)，不定詞在其中作意義上的述語(sense predicate)。有些文法書將這種結構稱作「名詞性的 to- 不定詞子句」(nominal to-infinitive clause)。

(一)由「通格名詞或主格代名詞＋不定詞(片語)」構成的不定詞的獨立構句，常作狀語，表示伴隨狀況，或補充說明主要子句；也可用於感歎句，亦可作主詞。

　　1. 用作狀語，表示伴隨狀況，或對主要子句作補充。如：

◈ Mother let us prepare supper, **Tom to roll out** dumpling wrappers and **I to make** noodles.
媽媽讓我們準備晚飯，湯姆擀餃子皮，我擀麵條。

◈ A lot of guests were gathering in our garden, **some to look** at roses, **some to take** photos, **others to talk** with each other.
很多客人聚集在我們的花園，有些看玫瑰花，有些照相，有些彼此聊天。

◈ You must have a rough plan now, **the details to be worked out later**.
你現在必須草擬一個計畫，之後再做出詳細內容／細節(部分)。

2. 用於感歎句。如：

◈ **Money to have such power!**
金錢竟然有如此威力！

◈ **John**... **marry a battleaxe?!** God forbid!
約翰竟然娶了個母老虎！但願沒有發生這樣的事！

◈ What! **She come to see me!**
什麼！她竟然來看我！

(二)由「從屬連接詞with/without＋通格名詞或主格代名詞＋不定詞(片語)」構成的不定詞獨立構句(有些文法專著將此種結構稱作「介系詞獨立不定詞構句」prepositional absolute infinitive construction)，常作狀語，表示原因或條件。如：

◈ **With nothing to do**, I went on an outing yesterday.
因為沒事做，我昨天出去玩了。

◈ I can't go out **with all these dishes to wash**.
因為要洗這一大堆碗盤，我不能出去。

◈ **Without me to supplement your income**, you wouldn't be able to manage.
要不是我增加／補足你的收入，你不可能應付得來。

◈ **With the new president to lead**, our firm is growing by leaps and bounds.
在新總裁的領導下，我們的公司正迅速發展中。

6.2 「for＋名詞或代名詞的受格＋不定詞」

不定詞的動作執行者，即意義上的主詞(sense subject)，不是句子的主詞或受詞，也不是被其修飾的名詞或代名詞，而是另

有真正的主詞(real subject)。由「for＋(代)名詞＋不定詞」構成
的這種結構，稱為具有意義上主詞的不定詞(infinitive with sense
subject)，帶主詞的 to-不定詞子句(to-infinitive clause with subject)
或不定詞子句(infinitive nominal)。作為介詞受詞的名詞或代名詞
就是不定詞的意義上的主詞(或稱邏輯主詞 logical subject，或次主
詞 secondary subject)。此結構在句中可充當主詞、受詞、主詞補語
或修飾語等成分。如：

❖ **It** is not difficult <u>for us **to learn**</u> English.
　對我們來說學英文不難。
　(for us to learn English 作主詞，it 作形式主詞)

❖ I think **it** right <u>for you **to elect**</u> him as a team leader.
　我認為你們選他做隊長是對的。
　(for you to elect him as a team leader 作受詞，it 作形式受詞)

❖ You'd better find some <u>work</u> <u>for them **to do**</u>.
　你最好找些工作給他們做。
　(for them to do 為形容詞的限定用法，作修飾語，修飾名詞
　work)

❖ This is <u>for you **to decide**</u>.
　這要由你決定。
　(for you to decide 作主詞補語)

❖ The poem is <u>too long</u> <u>for a child **to recite**</u>.
　這首詩太長，小孩背誦不了。
　(for a child to recite 作修飾語，修飾副詞片語 too long。句中 to
　recite 的受詞是 poem，因此在不定詞後不可再加代名詞作其受
　詞)

◈ We are <u>eager</u> <u>for him</u> **to marry** her.
我們很希望他娶她。
（for him to marry her 做修飾語，修飾主詞補語 eager，但有的文
法學家認為是述語 are eager 的受詞）

6.3 「It＋be＋形容詞＋of＋受格＋不定詞」

結構形式主詞 it 放在句首，聯繫動詞 be 後面的是表示人
的品質或特徵的形容詞，要用 of 取代 for 來引導帶有意義上的
主詞的不定詞。 可用在此場合的常見形容詞有 bold（大膽、勇
敢的），brave（勇敢的），careless（粗心的），clever（聰明的），
considerate（替人著想的），crazy（瘋狂的），cruel（殘酷的），
foolish（愚蠢的），generous（慷慨的），good（好的），honest（誠
實的），horrid（可惡的），kind（仁慈的），mean（不像話的、自
私的），naughty（調皮的、不像話的），nice（好），polite（有禮貌
的、客氣的），reasonable（合乎情理的），rude（粗魯無禮的），
stupid（愚蠢的），thoughtful（考慮周到的），ungrateful（忘恩負義
的），unreasonable（不講道理的、不近情理的），wise（明智的），
wrong（錯誤的、不對的)等。如：

◈ **It** was <u>brave</u> <u>of him</u> **to tackle** the armed bandit.
他真勇敢抓住了那個武裝強盜。

◈ **It** was <u>careless</u> of me **to forget to lock** the door.
我粗心大意，忘了鎖門。

◈ **It** was <u>considerate</u> of you **to send** me a get-well card.
你真體貼，送我一張康復卡。

◈ **It** was crazy of you **to go out** in such bad weather.
你真是瘋了，天氣這麼糟還外出。

◈ **It** was clever of Little Gauss **to solve** the problem in the simplest way.
小高斯真聰明，用最簡單的方法解決那個問題。

◈ **It** was cruel of him **to kick** the little boy.
他踢那個小男孩，真是殘忍。

◈ **It** is very generous of you **to give** so large a donation.
你捐了這麼一大筆捐款，非常慷慨。

◈ **It** is very kind of you **to invite** me.
承蒙邀請，不勝感激。

◈ **It** was naughty of Dad **to pull** my sister's hair.
爸爸真不像話，揪我妹妹的頭髮。

◈ **It**'s rude of you **to stare** at people.
緊盯著別人是粗魯無禮的。

◈ **It** is very stupid of you **to trust** him.
你相信他真是太傻了。

◈ **It**'s wrong of you **to tell** lies.
你撒謊是不對的。

6.4 「疑問詞＋不定詞」結構

疑問詞（interrogative word）who, whom, what, which, when, where, how，及連接詞 whether 後接不定詞可構成一種特殊的不定詞片語。這種結構可放在 decide（決定、決心），explain（說明），forget（忘記），know（知道），learn（學習），remember（記得），

show(指出)，teach(教)，tell(告訴)，wonder(想知道、不知道)等
動詞之後，或放在 of, on(upon), as to 等介詞之後作受詞，這種結
構也可作主詞、主詞補語或直接受詞，在口語中還可獨立使用，
相當於一個疑問句。如：

◈ I <u>don't know</u> **how to cook**.
　我不知道怎麼做菜。
　(how to cook 作受詞)

◈ <u>Tell</u> me **what to do next**.
　告訴我下一步做什麼。
　(what to do 作直接受詞，me 作間接受詞)

◈ **Where to go** is a question.
　去哪裡是個問題。
　(where to go 作主詞)

◈ I <u>can't decide</u> **whether to go to college or to find a job**.
　我無法決定該上大學還是去找個工作。
　(whether to go to college or to find a job 作受詞)

◈ The difficulty was **how to get enough money to pay the debt**.
　困難的是如何湊足錢還債。
　(how to get enough money to pay the debt 作主詞補語)

◈ Please <u>show</u> me **how to do it**.
　請教我怎麼樣做。
　(me 和 how to do it 作動詞 show 的雙重受詞)

◈ The poor man had no friend <u>on</u> **whom to count**.
　這個可憐的男人沒有可依靠的朋友。

(whom to count 作介詞 on 的受詞)

◈ He was at a loss <u>as to</u> **what to do**.

他不知如何是好。

(what to do 作介詞 as to 的受詞)

◈ **When to start**?

(＝When shall we start? /When are we to start?)

什麼時候動身？

◈ **Where to go**?

(＝When shall we go? /Where are we to go?)

去哪裡？

◈ **What to buy**?

(＝What shall we buy? /What are we to buy?)

買什麼？

◈ **How to say the word in French**?

(＝How do you say the word in French?)

這字的法語怎麼說？

Chapter 14

動名詞
The Gerund

1 概説

1.1 動名詞的定義及構成

　　動名詞是兼有動詞和名詞特徵的非限定動詞，不受主詞的人稱與數的限制，由原形動詞＋-ing 構成。動名詞也有時態和語態的變化，包括簡單式（或稱一般式）、完成式、主動式、被動式。（見下表，以動詞 do 為例）

動名詞的時態和語態表

	主動式	被動式
簡單式	doing	being done
完成式	having done	having been done

　　注：有些文法書將動名詞分別稱作 -ing 名詞(-ing noun)，名詞性的分詞子句(nominal -ing participle clause)或動名詞子句(gerundive/gerundival clause)。

1.2 動名詞的特徵及動名詞片語

　　動名詞幾乎具有名詞的全部特徵，同時又具有動詞的某些特徵。

(一)動名詞有動詞的特徵，可由受詞、補語或副詞修飾。動名詞和它的受詞、修飾它的副詞、副詞子句、介詞片語或補語等一起構成動名詞片語，在不會引起誤解的情況下，可簡稱為動名詞。如：

◈ Most of the boys are fond of **watching** soccer games.
大多數男孩喜歡看足球賽。
(動名詞 watching 和其受詞 soccer games 一起構成動名詞片語)

◈ He insisted on **leaving** immediately.
他堅持立刻離開。
(動名詞 leaving 和作其修飾語的副詞 immediately 一起構成動名詞片語)

◈ **Reading** while you are eating is harmful to your health.
吃東西的時候看書有害健康。
(動名詞 reading 和作其修飾語的副詞子句的 while you are eating 一起構成動名詞片語)

◈ He likes **talking** in a low voice.
他喜歡低聲說話。
(動名詞 talking 和作其修飾語的介詞片語 in a low voice 一起構成動名詞片語)

(二)動名詞有名詞特徵,因而在句中可作主詞、動詞的受詞、介詞的受詞、補語、同位語,並可用形容詞、名詞所有格、所有形容詞及指示形容詞來修飾。如:

◈ **Swimming** is a good exercise.
游泳是良好的運動。
(動名詞 swimming 在句中作主詞)

◈ The computer needs **repairing**.
這台電腦需要修理。
(動名詞 repairing 在句中作動詞的受詞)

◈ She is good at **cooking**.

她擅長烹飪。

（動名詞 cooking 在句中作介詞的受詞）

◈ To keep money that you have found is **stealing**.

把撿到的錢留起來是偷竊的行為。

（動名詞 stealing 在句中作主詞補語）

◈ We call this <u>**returning** good for evil</u>.

我們把這稱作以德報怨。

（動名詞片語 returning good for evil 在句中作受詞補語）

◈ She'll do <u>some **washing**</u>.

她要洗些衣服。

（動名詞 washing 被形容詞 some 修飾）

◈ San Francisco is about **a fortnight's steaming** from Yokohama.

從橫濱坐船到舊金山大約要兩個星期。

（動名詞 steaming 被名詞所有格 a fortnight's 修飾）

◈ You don't mind <u>**my being** frank</u>, do you?

你介不介意我對你說實說？

（動名詞片語 being frank 被所有形容詞 my 修飾）

◈ I hate <u>all this **stalling**</u>.

我討厭一切支吾之詞。

（動名詞 stalling 被形容詞及指示形容詞 all this 修飾）

◈ This is my only sport, **cycling**.

這是我唯一會做的運動，騎腳踏車。

（動名詞 cycling 在句中作主詞補語 sport 的同位語）

1.3 動名詞的意義上的主詞

由於動名詞具有動詞的特徵,因此也有動作的執行者,即「意義上的主詞」或「邏輯主詞」。

1.3.1 動名詞構句

動名詞有名詞的特徵,可用名詞或代名詞的所有格來修飾,而修飾它的所有格就是它的意義上的主詞。動名詞與意義上的主詞一起構成動名詞構句,或稱作動名詞結構(gerundial construction),也可稱作動名詞的複合結構(gerundial complex)——動名子句(gerundive nominal)。有些文法書分別用名詞性的分詞子句(nominal -ing participle clause)、帶主詞的名詞性–ing 分詞子句(nominal -ing participle clause with subject)或帶主詞的–ing 分詞子句(-ing participle clause with subject)表達動名詞構句的功能。

(一)在正式場合下,動名詞意義上的主詞一般用所有格,如動名詞在句中作主詞或主詞補語時,意義上的主詞通常為所有格。如:

◈ **Mary's coming** late again made the teacher very angry.
瑪麗再次遲到使老師非常生氣。
(動名詞構句作主詞時,通常用所有格表示意義上的主詞)

◈ **Their being** bankrupt is true.
他們破產是事實。
(動名詞構句作主詞時,意義上的主詞為人稱代名詞時,通常用所有格)

◈ It's no use **his trying** to flatter her.

他想拍她馬屁是沒用的。

（句首為虛主詞 it，動名詞構句作主詞，其中意義上的主詞為人稱代名詞時，通常用所有格表示）

◈ It's no use **John trying** to flatter her.

約翰想拍她馬屁是沒用的。

（句首為虛主詞 it，動名詞構句用作主詞，其中意義上的主詞為名詞時，通常用通格表示）

◈ **Rosa driving** herself too hard worried us.

羅莎使她自己過於勞累令我們擔心。

（動名詞構句用作主詞時，在口語中有時也可用名詞的通格，代替所有格作意義上的主詞）

◈ **Him being** a Jesuit alters everything.

他成為擔任耶穌會修士，改變了一切。

（動名詞構句用作主詞時，在口語中也可用人稱代名詞的受格代替所有格，作意義上的主詞）

◈ What I worry about is **her trusting** such a rogue.

我擔心的是她信任一個大流氓。

（動名詞構句用作主詞補語時，通常用所有格作意義上的主詞）

◈ His trouble is **all his friends abandoning** him.

他煩惱的是所有的朋友都拋棄了他。

（動名詞構句中意義上的主詞為名詞片語時，只可用名詞的通格表示）

◈ Do you mind **my shutting** the door?

你介意我把門關上嗎？

（動名詞構句用作受詞時，在正式用法中用所有格作意義上的主詞）

◈ They insisted on **his going** abroad.
他們一定要他出國。

（動名詞構句用作介詞的受詞，意義上的主詞為代名詞時，在正式用法中多用所有格表示）

(二)在非正式的場合，動名詞構句如果不是放在句首，「所有格＋動名詞」的結構，可用「名詞的通格(或人稱代名詞的受格)＋動名詞」的結構代替。

1. 在現代英文中，有時動名詞構句用作受詞，而意義上的主詞多用名詞的通格或人稱代名詞的受格表示。如：

◈ I don't mind **Mike going** there.
邁克去那裏我沒意見。

（動名詞構句用作動詞的受詞時，意義上的主詞如為名詞，較常用通格）

◈ Excuse **me for interrupting** you.
請原諒我打斷了你的話。

（動名詞構句用作動詞的受詞，意義上的主詞如為人稱代名詞，較常用受格）

◈ I don't like **him/his speaking** ill of others behind their backs.
我不喜歡他在背後說別人的壞話。

（動名詞構句用作動詞的受詞，意義上的主詞如為人稱代名詞，較常用受格或所有格皆）

◈ I object to **Mary going** out in such bad weather.
我不讓瑪麗在這麼惡劣的天氣外出。

（動名詞構句用作介詞的受詞時，意義上的主詞如為名詞，較常用通格）

◈ There is no question about **Beethoven being** born in 1770.
貝多芬生於一七七零年，這是毫無疑問的。
（動名詞構句用作介詞的受詞，意義上的主詞如為名詞，較常用
通格）

◈ I'm astonished at **his marrying** her.
我很驚訝他娶了她。
（動名詞構句用作介詞的受詞，意義上的主詞如為人稱代名詞較
常用所有格）

◈ Excuse me for **my coming** late.
請原諒我遲到。
（動名詞構句用作介詞的受詞，意義上的主詞如為人稱代名詞較
常用所有格）

◈ Say nothing about **me buying** a new house.
不要說出我買新房子的事。
（動名詞構句用作介詞的受詞，意義上的主詞雖為人稱代名詞，
在現代英文中也可用受格）

◈ What's the use of **me staying** here?
我留在這裡有什麼用？
（動名詞構句用作介詞的受詞，其中意義上的主詞雖為人稱代名
詞，在現代英文中也可用受格）

2. 動名詞構句為受詞時，且意義上的主詞為子句、片語或被
　子句、片語修飾或事物，只可用名詞的通格或人稱代名詞
　的受格表示。如：

◈ The glory of the marshal depends on **numerous soldiers** "**dying** for their country".
元帥的榮譽全靠著許多軍人（願意）「為國捐軀」。
（動名詞構句作受詞用，且意義上的主詞為名詞片語，只可用名詞的通格表示）

◈ The teacher insisted on **the tall boy** who had bullied the little girl Ann **apologizing**.
老師一定要欺負小女孩安的高個子男生道歉。
（動名詞構句中的意義上的主詞當受詞且被形容詞子句修飾時，只可用名詞的通格表示）

◈ Johnson stopped **the car from crashing** into the fence.
強森阻止了汽車撞上欄杆。
（動名詞構句中意義上的主詞為物且作受詞用時，只可以名詞的通格表示）

◈ I was informed of **the examination being** very strict.
有人告訴我考試非常嚴格。
（動名詞構句中意義上的主詞為事物且作介詞的受詞用時，只可以名詞的通格表示）

◈ I look forward to **it getting** warmer in spring.
我希望春天變暖和一些。
（動名詞構句中意義上的主詞為非人稱的 it，且作介詞受詞時，只可用受格，不可用所有格表示）

1.3.2 在句中不出現動名詞意義上主詞的場合

動名詞構句中意義上的主詞泛指任何人，且表示較普遍的道理、看法時，在句子中常不出現。如：

◈ **Playing** with fire is dangerous.
玩火是危險的。

◈ **Saving** is **having**.
節流即收入。

◈ **Traveling** abroad is very exciting.
出國旅行很令人興奮。

◈ **It**'s great fun **sailing** a boat.
坐船航行十分有趣。

◈ **It**'s no use **crying** over split milk.
覆水難收。

◈ **Smoking** is strictly forbidden here.
這裡嚴禁吸菸。

1.3.3 隱含的動名詞(的)意義上的主詞

隱含的動名詞(的)意義上的主詞(implied sense subject of gerund)，是指動名詞意義上的主詞有時雖不出現，卻可從上下文的語境中顯示出來。如：

◈ It's no use **crying all day**.
整天哭並沒用。
(動名詞 crying all day 意義上的主詞暗示為對方或另外的人)

◈ At the time of this **writing**, the big fire hasn't been put out.
寫到此時，大火尚未撲滅。
(動名詞 writing 意義上的主詞為說話者)

◈ He is fond of **collecting** stamps.
他愛好集郵。
(動名詞 collecting stamps 意義上的主詞是句子的主詞 he)

◈ Mother will consider **buying** <u>a souvenir for you</u>.
　媽媽考慮買個紀念品給你。
　（動名詞 buying a souvenir for you 意義上的主詞是句子的主詞
　Mother）

◈ They punished him for **stealing** <u>a watch</u>.
　他們因他偷了手錶而懲罰他。
　（動名詞 stealing a watch 意義上的主詞是句子的受詞 him）

◈ Thank you for **sending** <u>me such a nice gift</u>.
　感謝你寄這樣好的禮物給我。
　（動名詞 sending me such a nice gift 意義上的主詞是句子的受詞
　you）

◈ <u>**Working too hard**</u> will do harm to your health.
　工作太拚對你的身體有害。
　（從句中的 your 可看出動名詞 working too hard 意義上的主詞是
　對方）

◈ <u>**Driving**</u> <u>in heavy traffic</u> makes me nervous.
　交通擁擠時開車使我神經緊張。
　（從句中的 me 可看出動名詞 driving in heavy traffic 意義上的主詞
　是說話者）

② 動名詞的形式和時態

　　動名詞有主動語態、被動語態及表示時間意義的簡單式和完
成式，以及肯定式和否定式。

2.1 動名詞主動式的簡單式（**simple active gerund**）

動名詞簡單式所表示的動作可與主要動詞同時發生，也可能在主要動詞發生之前或之後發生。如：

◈ We <u>like</u> **watching** <u>soccer games</u>.
我們喜歡看足球賽。
（動名詞的簡單式 watching soccer games 所表示的動作，與主要動詞 like 同時發生）

◈ She <u>was shocked</u> at **finding** <u>her house empty</u>.
她發現她的房子空空如也／被洗劫一空，震驚不已。
（動名詞的簡單式 finding her house empty 所表示的動作，與主要動詞 was shocked 同時發生）

◈ <u>Excuse</u> me for **coming** <u>late</u>.
原諒我遲到了。
（動名詞的簡單式 coming late 所表示的動作發生在主要動詞 excuse 之前）

◈ He <u>proposes</u> **going** <u>back to Canada</u>.
他建議回加拿大去。
（動名詞 going back to Canada 發生的時間在主要動詞 proposes 發生的時間之後）

◈ She <u>intends</u> on **staying** <u>with us after she arrives</u>.
她打算（在她）來這裡之後和我們住在一起。
（動名詞的簡單式所表示的動作可發生在主要動詞所表示的動作之後）

2.2 動名詞主動式的完成式

動名詞主動式的完成式(perfect active gerund) 發生的時間先於主要動詞發生的時間。如:

◈ She <u>didn't mention **having met** you</u>.
她沒說有見到你。
(動名詞的完成式 having met you 所表示的動作,發生在主要動詞 didn't mention 之前)

◈ He <u>denied **having** said that</u>.
他否認說過那種話。
(動名詞的完成式 having said that 所表示的動作,發生在主要動詞 denied 之前)

◈ She <u>remembered **having** met him before</u>.
她記得以前曾見過他。
(動名詞的完成式 having met him before 發生的時間在主要動詞 remembered 發生之前)

◈ I <u>regret **having done** such a thing</u>.
我後悔做了這樣的事。
(動名詞的完成式表示動作發生在主要動詞的動作之前)

注:有些動詞,如 admit, acknowledge, forget, regret, remember, recall
等,在其前發生的動作,如是動態動詞,動名詞既可用完成式,也可
用簡單式,如是靜態動詞,則只可用簡單式。如:

◈ I <u>remember **seeing/having seen** her somewhere</u>.
我記得在什麼地方見過她。

◈ He <u>admits</u> to **seeing/having seen** us.

　他承認看見了我們。

◈ I <u>admit</u> **knowing** him.

　我承認認識他。

2.3 動名詞被動式的簡單式

　　當動名詞意義上的主詞是其動作的承受者時，動名詞所表示的動作為一般性動作(即動作發生的時間沒有明確指出過去、現在或將來)，或是與主要動詞所表示的動作同時發生，或發生在其前或其後的動作，要用動名詞被動式的簡單式(simple passive gerund)。如：

◈ He <u>doesn't like</u> **being disturbed** while reading.

　他讀書時不喜歡被打擾。

　(動名詞被動式的簡單式可表示一般性的動作)

◈ She narrowly <u>escaped</u> **being knocked** down.

　她差一點被撞倒。

　(動名詞被動式的簡單式所表示的動作可與主要動詞所表示的動作同時發生)

◈ He <u>came</u> to the dinner party without **being invited**.

　他未受邀請，自赴宴會。

　(動名詞被動式的簡單式所表示的動作可發生在主要動詞所表示的動作之前)

2.4 動名詞被動式的完成式

　　動名詞被動式的完成式(perfect passive gerund) 表示動作發生在主要動詞的動作之前，但在許多情況下可用簡單式代替。如：

◈ He <u>was</u> proud of **having been taught** by a world-famous singer.
他因一位世界聞名的歌唱家教過他而感到驕傲。
(動名詞被動式的完成式表示動作發生在主要動詞的動作之前)

◈ I <u>remember</u> **the man having been arrested** many times.
我記得此人已多次遭到逮捕。
(動名詞被動式的完成式表示動作發生在主要動詞的動作之前)

◈ I <u>remember</u> **being sent** to the hospital at midnight as a child.
我記得小時候曾半夜被送到醫院。
(動名詞被動式的簡單式可代替完成式，表示發生在主要動詞的動作發生之前的動作)

2.5 特定動詞主動式的動名詞表示被動的意義

(一)動詞 want(需要)，need(需要)，deserve(值得、應受)，require(需要)、用於否定意義的 bear(忍受)，以及 be worth(值得)之後，動名詞用主動式表示被動的含義。如：

◈ The machine <u>needs/wants/requires</u> **oiling**.
(＝The machine <u>needs/wants</u> **to be oiled**.)
機器需要上油了。
(動詞 need, want, require 後面常接動名詞主動式表示「需要(被)……」)

◈ You really <u>deserve</u> a **beating**.
（＝You really <u>deserve</u> **to be beaten**.）
你真該打。

◈ Such words <u>won't bear</u> **repeating**.
這樣的話不堪重複。

◈ The new film <u>is worth</u> **seeing**.
這部新電影值得一看。
（在 be worth 後接某一動作時，常用動名詞主動式表示「值得
⋯⋯」）

（二）表示否定意義的介詞 beyond/past（無法）之後，動名詞用主
動式表示被動的含義。如：

◈ These men are <u>beyond</u> **reasoning with**.
這些人不可理喻。

◈ The trousers are <u>past</u> **mending**.
這條褲子無法修補了。

2.6 動名詞的否定式

動名詞的否定式（**negative gerund**）多由 not＋動名詞構成，
也可用 no 或 never 表示否定。如：

◈ Trying without succeeding is better than **not trying** at all.
試了沒成功還是比不去嘗試好。

◈ She did **no reading** that night.
那天晚上她沒看書。

◈ He prided himself in **having never been beaten** in boxing.

他為他在拳擊上從未吃過敗仗而自豪。

3 動名詞在句中的作用

動名詞具有名詞的特徵,在句中可具有名詞的作用,作主詞、受詞、補語以及同位語等;動名詞也具有形容詞的特徵,可以有形容詞的作用,作名詞或代名詞等的修飾語。

3.1 動名詞作主詞

動名詞在句子中可以作主詞。需要注意,在現代英文中的趨勢是在句子一開頭就讓讀者看到主詞,句首的主詞用字愈少愈好。會話中位於句首的動名詞,最好是簡短易懂的,否則就要將虛主詞置於句首代替動名詞。如:

◈ **Talking** mends no holes.

空談無濟於事。

(動名詞的動作執行者泛指一般人)

◈ **It** was pleasant and comfortable **sitting** there.

坐在那裏很愉快舒適。

(本句 it 是虛主詞,真主詞是動名詞 sitting there)

◈ **Her relying** too much on others isn't good for her.

她過度依賴別人對她沒有好處。

(動名詞的動作執行者是特定的人)

◈ **Her husband's staying up** so late worried her.

他丈夫熬夜到那麼晚，令她擔心。

（動名詞的動作執行者是特指的人）

◈ There's **no knowing** what he'll do next.

不知道他下一步會做什麼。

（there 用來填補主詞的位置，作主詞的動名詞 no knowing what he'll do next 放在 be 動詞的後面，動名詞的動作執行者是說話者）

◈ There is **no persuading** him.

說服他是不可能的。

（there 用來填補主詞的位置，作主詞的動名詞 no persuading him 放在 be 動詞的後面，動名詞的動作執行者指談話的雙方）

3.2 動名詞作受詞

動名詞在句子中可以作動詞或介詞的受詞。

（一）動名詞作動詞的受詞時，動名詞意義上的主詞多特指某人事物，但有時是泛指的。如：

◈ She has finished **reading** the novel.

她看完這小說了。

（動名詞 reading the novel 作主要動詞 has finished 的受詞，其意義上的主詞是句子的主詞 she）

◈ I hate **gambling**.

我討厭賭博。

（動名詞 gambling 作主要動詞 hate 的受詞，其意義上的主詞是句子主詞 I）

◈ I find **living** there interesting.
我覺得住在那裏有趣。
(動名詞 living there 作主要動詞 find 的受詞，其意義上的主詞是
句子的主詞 I)

◈ Do you mind **my/me opening** the windows?
你介意我開窗嗎？
(動名詞複合結構 my/me opening the window 作主要動詞 mind 的
受詞，my/me 為動名詞 opening the window 意義上的主詞)

◈ I find **it** pleasant and comfortable **living** there.
我覺得住在那裏很愉快舒適。
(主要動詞後的 it 是虛受詞。真正受詞是動名詞 living there，其
意義上的主詞是 I)

◈ He considered **it** necessary **changing** his job.
他認為換工作是必要的。
(主要動詞後的 it 是虛受詞。真正受詞是動名詞 changing his
job，其意義上的主詞是 he)

(二)動名詞可以作為介詞的受詞，而在介詞後面的動詞必須以
動名詞表示。

動名詞常可用在片語動詞或其他成語之後，但要特別注意不
可將片語動詞中的介詞 to 和不定詞符號 to 混淆誤用。常見的片
語動詞誤用 amount to(等於)，be used to(習慣於)，get used to(習
慣於)，descend to(墮落到)，get to(開始，即將做……)，look
forward to(盼望)，object to(反對)，own to(承認)，own up to(承
認)，pay attention to(注意)，see to(負責、處理)，take to(開始)，
testify to(證明)，come near to(幾乎)，be/feel equal to(能勝任)等，

其後須接動名詞，且其中的 to 為介系詞，而意義上的主詞多特指其人事物。如：

◈ Keeping what belongs to another <u>amounts to</u> **stealing**.
借而不還謂之偷。

◈ He<u>'s quite used to</u> **flying** in all sorts of weather.
他很習慣於在各種天氣飛行。

◈ I<u>'ve got used to</u> **living** here.
我習慣住在這裡。

◈ I don't think he<u>'ll sink to</u> **stealing**.
我不相信他會墮落到偷竊。

◈ They soon <u>got to</u> **talking** together.
他們不久就在一起聊天了。

◈ I<u>'ve been looking forward to</u> **visiting** the Pyramids.
我一直盼望去參觀金字塔。

◈ I <u>object to</u> **leaving** her alone.
我反對把她丟下不管。

◈ He <u>owned up to</u> **being** wrong.
他承認錯誤了。

◈ She finally <u>owned up to</u> **having told** the lie.
她最後承認說了謊話。

◈ You'd better <u>see to</u> **repairing** the lab.
你最好負責修理實驗室。

◈ Then he <u>took to</u> **writing** poems.
然後他開始寫詩。

◈ I <u>came near to</u> **telling** him the whole truth.
我差一點向他和盤托出所有真相。

◈ She <u>doesn't feel equal to</u> **receiving** <u>guests</u>.
她不適合接待客人。

(三)動名詞可和 about, after, against, at, before, besides, by, for, from, in, on, since, without 等介詞構成片語，作修飾語。如：

◈ **On arriving** <u>in urban Atlanta</u>, I got lost.
一到亞特蘭大城區我就迷路了。
（on＋動名詞＝as soon as，表示「一……就……」）

◈ **After standing** <u>in the queue for quite some time</u>, we got good seats.
排隊站了好久以後，我們得到了好座位。

◈ **Before returning** <u>home</u>, he hasn't had an idle moment.
回家以前，他一刻都不得閒。

◈ **Since my coming** <u>back</u> I haven't heard from her.
我回來以後都沒有收到她的信。

◈ They warned the children **against playing** <u>in the street</u>.
他們告誡小孩別在街上玩耍。

◈ He never complained <u>about</u> **working** <u>overtime</u>.
他從不抱怨加班工作。

◈ He's an expert <u>at</u> **repairing** <u>clocks</u>.
他是修理鐘錶的專家。

◈ **Besides knowing** <u>English, French, and German</u>, he is fluent in Japanese.
他除了懂英文、法文、德文外，還能說流利的日文。

◈ She taught herself piano **by practicing** <u>all night</u>.
她整晚自學鋼琴。

◈ Thank you **for coming** to see me.
感謝你來看我。

◈ He felt tired **from arguing**.
他對於爭吵感到累了。

◈ I've delayed long **in answering** your letter.
我遲遲沒有回信給你。

◈ She can't speak English **without making** mistakes.
她說英文一定會出錯。

(四)動名詞可與介詞構成片語，作名詞的修飾語。

　　由介詞加動名詞構成的片語修飾的名詞有：apology（for），art（of），astonishment（at），chance（of），opportunity（of），excuse（for），experience（of），habit（of），hobby（of），honor（of），hope（of），idea（of），intention（of），means（of），method（of），necessity（of），possibility（of），process（of），way（of）等。如：

◈ I must offer her **an apology for not going** to her birthday party.
我必須為沒有去她的生日派對向她表示歉意。

◈ He is good at **the art of making** friends.
他擅於交朋友。

◈ You may imagine **their astonishment at finding** the room empty.
你可以想像到他們在發現房間空空如也時有多驚訝。

◈ I have **the chance of visiting** Paris.
我有遊覽巴黎的機會。

◈ I'm glad to have **the opportunity of talking** to you.
很高興有機會和你談話。

◈ He's always making **excuses for being** late.
他遲到總是有藉口。

◈ He has **no experience in teaching**.
他沒有教學經驗。

◈ Be careful not to get into **the habit of taking** drugs.
小心不要染上吸毒的習慣。

◈ He pursued **his hobby of collecting** stamps for many years.
他集郵的愛好已持續許多年了。

◈ She had **the honor of representing** her country at the Olympic Games.
她榮幸地代表國家參加了奧林匹克運動會。

◈ He has **no hope of winning** the election.
他勝選無望。

◈ I'll give up **the idea of going**.
我將放棄辭意。

◈ He has **no intention of marrying** her.
他沒有娶她的想法。

◈ He had **no other means of earning**.
他沒有其他賺錢的方法。

◈ **His method of solving** the math problem is worth praising.
他解這道數學題的方法值得稱讚。

◈ Most athletes can see **the necessity of/for keeping up training**.
大多數運動員都懂得堅持訓練的必要性。

◈ There's **a possibility of having** a white Christmas.
有一個白色耶誕節的可能性。

◈ Will you describe **the process of building** a boat?
你講一講造船的工藝，好嗎？

◈ I don't like **his way of talking**.
我不喜歡他的談話方式。

3.3 動名詞作補語

(一)動名詞作主詞補語。如：

◈ Her job is **teaching** postgraduates English.
他的工作是教研究生英文。

◈ What she worries about is **her son's playing** all day.
她擔心的是她兒子整天玩樂。

◈ Seeing is **believing**.
眼見為憑。

◈ One of his habits is **always making** humorous remarks.
他的習慣之一是老愛說幽默的話。

◈ Our aim is **winning** the women's springboard championship.
我們的目標是獲得女子跳板冠軍。

◈ You could call this "**marrying** in haste, and **repenting** at leisure."
這可以叫做「草率結婚，後悔莫及」。

◈ This is called "**Looking** for a needle in a haystack."
這叫做「海底撈針」。

(二)動名詞作受詞補語。如：

◈ I call this **cheating**.
我管這叫欺騙。

◈ We could call this **not seeing** the forest for the trees.
我們可把這稱為只見樹木不見林。

◈ We call this **robbing** Peter to pay Paul.
我們把這叫挖東牆補西牆。

3.4 動名詞作同位語

動名詞可以用作主詞或受詞的同位語。如：

◈ He has been doing his <u>hobby</u>, **collecting** <u>antique coins</u>, for years.
他收集古幣的嗜好，已經持續好久了。
（動名詞 collecting antique coins 作主詞 his hobby 的同位語）

◈ He dislikes his <u>job</u>, **working** <u>all day at a dirty and noisy place</u>.
他不喜歡他的工作，整天在一個又髒又喧嘩的地方工作。
（動名詞 working all day at a dirty and noisy place 作受詞 his job 的同位語）

◈ This is her <u>recreation</u>, **playing** <u>chess</u>.
這就是她的娛樂——下西洋棋。
（動名詞 playing chess 作主詞補語 her recreation 的同位語）

3.5 動名詞作名詞的修飾語

動名詞可具有形容詞的作用，修飾後面的名詞，並與被修飾名詞一起構成複合名詞。被修飾的名詞不是動名詞的意義上的主

詞,而是表示其後的名詞的用途。

(一)「動名詞＋(作受詞的)名詞」構成的複合名詞,表示名詞
的用途。如:

chewing gum 口香糖	compensating expense 賠償費
drinking water 飲用水	eating apple 可生吃的蘋果
frying steak 供煎炸的牛排	roasting joint 供燒烤用的帶骨大腿肉
spending money 零用錢	advertising fee 廣告費

◈ The **compensating** expense is a large sum of money.
賠償費是一筆巨款。

◈ The **advertising** fee for your product is quite cheap.
你產品的廣告費相當便宜。

(二)「動名詞＋(起狀語作用的表地點、所用器具、裝備或材料
的)名詞」構成的複合名詞,表示名詞的用途。如:

accepting bank 承兌銀行	baking powder 烘焙粉
boiling point 沸點	carving knife 切肉刀
cooking oil 食用油	cooking wine 料理酒
diving board 跳水踏板	drinking cup 飲水杯
fishing hook 魚鉤	fishing tackle 魚具
freezing point 冰點	frying pan 炒鍋
gambling den 賭場	hiding-place 藏匿處
hunting bow 打獵弓	living-room 客廳
operating table 手術臺	printing ink 油墨

reading-room 閱覽室	saving vessel 救生艇
sewing-machine 縫紉機	shooting gallery 射擊場
skiing suit 滑雪服	skipping rope 跳繩
sleeping car 臥車	swimming pool 游泳池
swimming suit 游泳服	training plane 教練機
typing paper 打字紙	vaulting platform（跳水）跳台
waiting-room 候車室	walking stick 手杖
washing machine 洗衣機	writing-desk 寫字台

◈ I rent an apartment with two bedrooms, a **sitting**-room, a **dining**-room and a kitchen.

我租了一間有兩間臥室、一間客廳、一間餐廳和一間廚房的公寓。

（句中複合名詞中的動名詞 sitting 和 dining 都是表示各自所修飾名詞的用途）

◈ I need a **writing**-desk, a **washing**-machine and some **typing** paper.

我需要一個寫字台、一台洗衣機和一些打字紙。

（句中複合名詞中的動名詞 writing, washing 和 typing 都是表示各自所修飾名詞的用途）

3.6 動名詞可和名詞或副詞一起構成複合名詞

動名詞可和名詞或副詞一起構成複合名詞。在複合名詞中，動名詞可起動詞的作用，其後可接受詞或以副詞修飾之。但複合名詞只能作名詞用。

(一)由「名詞＋動名詞」構成的複合名詞，名詞做動名詞的意義上的受詞。如：

back-packing 自動旅行	bomb dropping 投炸彈
cigar-smoking 吸雪茄	dress-making 製作女性服飾
fact-finding 徵信	fire-eating 吞火
flower-arranging 插花	javelin-throwing 擲標槍
job-hopping 經常換工作	letter-writing 寫信
love-making 談情說愛	peace-keeping 維持和平
peace-making 調解	shot-putting 推鉛球
sightseeing 觀光	stamp-collecting 集郵
story-telling 講故事	trap-shooting 打飛靶
weight-lifting 舉重	weight-reducing 減肥

◈ Cigar-**smoking** is more harmful to your health than cigarette-**smoking**.
吸雪茄比吸香菸對身體更有害。

◈ He's fond of stamp-**collecting**, flower-**arranging** and back-**packing**.
他喜歡集郵、插花和自助旅行。

◈ Tiger-**hunting** is forbidden in most countries now.
現在大多數國家禁止捕獵老虎。

(二)由「名詞＋動名詞」構成的複合名詞，其中名詞起狀語作用修飾動名詞所表示的動作。

複合名詞中的名詞具有地方或時間狀語的作用。如：

church-going 上教堂去	day-dreaming 做白日夢
deep-sea fishing 遠洋漁業	home-coming 回家，歸國，返校節
in-flight refueling 空中加油	night-riding (為非作歹者)夜間蒙面騎行
night-walking/sleep-walking 夢遊症	night-watching 值夜班
pole climbing 爬竿	rope-dancing 走鋼索
street fighting 街頭鬥毆(爭霸)	sun-bathing 日光浴
surf fishing 海濱捕魚	water-skiing 滑水

◈ We are ready to greet her at her <u>home</u>-**coming**.
　我們已準備好迎接她歸國。

◈ In <u>flight</u> **refueling** is indispensable in modern air warfare.
　在現代空戰中空中加油是不可缺少的。

◈ We've got used to <u>sun</u>-**bathing**.
　我們習慣做日光浴。

複合名詞中的名詞起方式狀語的作用。如：

blank firing 空彈射擊	carpet-bombing 地毯式轟炸
figure skating 花式滑冰	formation flying 編隊飛行
guerrilla fighting 游擊戰	handwriting 手寫，筆跡
head passing 頭頂傳球	mercury poisoning 汞中毒

metalworking 金屬加工術	pancake landing 平墜降落
roller skating (輪式)溜冰	

◈ Lead **poisoning** is poisoning by lead.
鉛中毒就是因為鉛所導致的中毒。

◈ He likes roller **skating** and figure **skating**.
他喜歡(輪式)溜冰和花式滑冰。

(三)由「名詞＋動名詞」構成的複合名詞，名詞作動名詞意義
上的受詞。如：

air-conditioning 空氣調節	book-keeping 簿記
fact-finding 實情調查	brain-picking 向他人徵求意見
fault-finding 挑剔	peace-keeping 維持和平
peace-making 調停	pleasure-seeking 追求享樂

◈ The peace-**keeping** troops cooperated well with the fact-**finding** committee.
維持和平部隊與調查委員會合作無間。
(由名詞＋動名詞構成的複合形容詞 peace-keeping 和 fact-finding，分別修飾其後的名詞，表示所修飾名詞的功能，並與被修飾的名詞一起構成複合名詞)

◈ Nobody likes to work for such a fault-**finding** boss.
沒人喜歡為這樣愛挑剔的老闆工作。
(由「名詞＋動名詞」構成的複合形容詞 fault-finding 修飾其後的名詞)

(四)由「動名詞＋副詞」或「副詞＋動名詞」構成的複合名
　　詞。如：

bringing up 撫養，教養	bringing-up 撫養，教育
cutting-down 縮短	cutting-off 截止
down-cutting 下挖，向下切削	falling-off 下降
filling-in 填入	heating-up 加溫
inter-cooling 中間冷卻	intercropping [農]間作
letting-down 下滑	making-up 製作，裝配，包裝
out-loading 卸下	outpourings (感情的)流露、洋溢
overloading 超載	setting-off 斷流，關閉
speeding-up 加速	taking-off 起飛
understanding 理解力	undertaking 任務
uprising 起義	

◈ We must pay more attention to moral **upbringing**.
我們必須更加注重德育。

◈ **Upgrading** of knowledge is very important to scientists.
對科學家來說補充新知是非常重要的。

◈ In this country, there will be a **speeding-up** of the increase in the GNP as well as in purchasing power, and a great falling-off of the rate of inflation.
這個國家的國民生產毛額和購買力將加速成長，而通貨膨脹率則會大幅下降。

◈ Seeing her sentimental **outpourings**, they sympathized deeply with her.

看著她滿懷悲傷，他們對她深表同情。

４ 名詞化的動名詞

4.1 名詞化的動名詞有更多的名詞特徵

　　動名詞有時可以進一步名詞化，具有更多名詞的特徵，可以被冠詞、形容詞修飾，但同時也失去了動詞的特徵，即不能再接受詞或補語，不能被副詞修飾，也不再有完成式和被動式。這種動名詞稱作名詞化的動名詞（verbal noun）。有一些帶 -ing 形式的字甚至有複數形式，形成動名詞形的名詞（noun in gerundial form）。

（一）可被冠詞修飾。如：

◈ She gave him <u>a **hearing**</u>.

她聽他說。

◈ I heard <u>a **bursting**</u>.

我聽見爆炸聲。

◈ She gave the house <u>a thorough **cleaning**</u>.

她將房子作了一次徹底的大掃除。

◈ He did most of <u>the **talking**</u>.

大部分時間都是他在說。

◈ The earlier we do <u>the **carting**</u> the better.

越早搬運越好。

◈ I myself did the **cooking**.
我自己做飯。

(二)可被指示形容詞、不定形容詞和敘述形容詞修飾。如：

◈ I don't like this **shooting**.
我不喜歡這種射獵。

◈ Such bad **spelling** is intolerable.
拼字糟成這樣令人無法忍受。

◈ They usually do some **shopping** on Sundays.
他們通常星期天去購物。

◈ Did you do any **writing** yesterday?
你昨天寫了什麼東西嗎？

◈ Too much **smoking** does harm to his health.
吸菸過多傷害他的健康。

◈ He has a habit of early **rising**.
他有早起的習慣。

◈ She is a girl of good **understanding**.
她是很懂事的女孩。

◈ He couldn't stand the endless **questioning**.
他受不了沒完沒了的質問。

◈ Public **speaking** is an art.
演說是一門藝術。

(三)可有複數形式並可被冠詞、指示形容詞、不定形容詞或數
詞修飾。如：

◈ Chinese also has many **borrowings** from other languages.
中文也有許多外來語。

◈ Her **sayings** and **doings** are very strange these days.
她最近的言行舉止很古怪。

◈ I usually deposit most of <u>my **savings**</u> in the bank.
我通常把我的大部分積下的錢存入銀行。

◈ He lives on <u>his daily **earnings**</u>.
他靠他每日掙來的錢生活。

◈ Don't throw <u>the **sweepings**</u> everywhere.
不要隨處亂丟垃圾。

◈ I won't have <u>other men's **leavings**</u>.
我不吃別人的殘羹剩飯。

◈ <u>The **findings**</u> must be published.
調查結果必須公布。

◈ I finished reading the novel in <u>one **sitting**</u>.
我一口氣讀完了這本小說。

◈ After <u>two **grindings**</u> of thirty grams of coffee each, the grinder must be given a cooling-off period.
每次研磨三十克咖啡，兩次之後，應當讓研磨機冷卻一會兒。

◈ I like her in spite of <u>her **failings**</u>.
儘管她有缺點，我仍然喜歡她。

4.2 名詞化的動名詞與其意義上的受詞的連接

名詞化的動名詞不能直接在其後銜接意義上的受詞，通常要表示出它的意義上的受詞，通常要在其後加一個由 of 引導的介詞片語，即用介詞 of 連接名詞化的動名詞和其意義上的受詞，即「動名詞＋of＋受詞」。如：

◈ The **reading of the will** took place in the lawyer's office.
遺囑在律師事務發表（宣讀／布）。

◈ His **firing of Tom** was a mistake.
他解雇湯姆是個錯誤。

◈ The **sinking of the Titanic** has never been forgotten.
鐵達尼號的沉沒從未被遺忘。

◈ The **killing** or **maltreating of the prisoners of war** is inhumane.
殺害或虐待戰俘是不人道的。

4.3 動名詞形的名詞

（一）有些以 -ing 結尾的字是動名詞形的名詞（nouns in gerundial form），雖和動名詞同形，但有些時候用以表示某種動作、技能、活動的名詞已失去動詞的性質／作用，只有名詞的特徵。如：

acting 表演	beginning 開始	binding 裝訂
boxing 拳擊	christening 洗禮儀式	coming 來到
cycling 騎腳踏車	dancing 跳舞	drawing 製圖
drilling 操練，鑽孔	editing 編輯	engraving 雕刻
fishing 釣魚	gathering 集會	hearing 傾聽
holding〔體〕持球	hunting 狩獵	imitating 臨摹，模仿
jumping 跳動	locking 鎖定	meeting 集會
mounting 裝裱	outing 郊遊	painting 繪畫

printing 印刷	reading 閱讀	riding 騎馬
rowing 划船	shooting 射擊	shopping 購物
singing 歌唱	sitting 坐	skating 溜冰
skiing 滑雪	surfing 衝浪	swimming 游泳
tracing 描圖，複寫	wedding 婚禮	writing 寫作

◈ **Swimming** in winter is very exciting.

冬泳非常令人興奮。

(動名詞片語 swimming in winter 作主詞)

◈ **Swimming** is good for your health.

游泳對身體有益。

(名詞化的動名詞 swimming 作主詞)

◈ **Hundreds of thousands of people gathering** in the center of the city made the government very nervous.

數十萬人聚集在市中心，使得政府非常緊張。

(動名詞片語及其意義上的主詞 hundreds of thousands of people gathering in the center of the city 作主詞)

◈ I met her at a **gathering**.

我在一次集會上見過她。

(名詞化的動名詞 gathering 被不定冠詞 a 修飾，作介詞的受詞)

(二)有些以 -ing 結尾的字是表示事物的動名詞名詞化，已完全變成名詞，有些可有複數形，有些則常用複數形。如：

belongings 財產，行李	blacking(s) 黑鞋油
building(s) 建築物	clipping(s) 剪報

covering(s) 覆蓋物	drawing(s) 圖畫
drawings 提款	earnings 收入，工資
feelings 感情	greetings 問候
hangings 掛在牆上的飾物	happenings 事件
holdings 持有物	incomings 收入
leavings(s) 剩餘物	meaning(s) 意義
meeting 會議	outgoings 開支
painting(s) 畫，油畫	reading(s) 讀物
shavings 刨花，刮屑	sweepings 垃圾
warning(s) 警告	winnings 獎金，獎品
writings 著作	

◈ He is arranging his **belongings** for a journey.
他正在出旅行整理行李。

◈ There have been strange **happenings** here lately.
這裡近來發生一些怪事。

◈ Our **warnings** were ignored.
我們提出的警告沒有引起注意。

(三)有些名詞＋-ing 結尾的字是表示用於製作某種物品的材料，或屬於某類用品的名詞。這類名詞與動詞毫無關聯。如：

bedding 床上用品	carpeting 製作地毯的材料
flooring 製作地板的材料	overcoating 大衣料子
roofing 蓋屋頂的材料	shirting 襯衫料子

◈ Air **beddings** after use.
　被褥用完後晾一晾。

◈ The tailor has just purchased some **overcoating** and **shirting**.
　這裁縫剛買了一些大衣料子和襯衫料子。

5 含有動名詞的習慣用語

(一)「do＋動名詞」表示從事某些特定活動，多在動名詞之前
　　加定冠詞、所有格或 some, any, much, a lot of, a little, no, little
　　等可表示數量的不定形容詞。如：

◈ Let me **do the translating**.
　讓我來翻譯。

◈ He could easily get another person **to do my typing**.
　很容易他就可以找到其他人代替我打字。

◈ He has gone **to do some shopping**.
　他去買東西了。

◈ **Did** you **do any sightseeing** there?
　你在那裏玩了什麼地方？

◈ **Does** he **do much thinking**?
　他常動腦嗎？

◈ Henry **did no reading** last night.
　亨利昨晚沒看書。

◈ When I was at your age, I **did a lot of rowing**.
　我在你這年紀時，常常划船。

(二)「There's no＋動名詞」表示「沒法……」、「說不準」或「不可能的」等意思。如：

◈ **There's no knowing** where he has gone.
　無法知道他去哪兒了。

◈ **There's no saying** what he would have accomplished if he had lived.
　他活著他會有什麼就說不得準。

(三)"go without saying"表示「不用說」、「毫無疑義」或「不成問題」。如：

◈ **It goes without saying** that you're welcome to visit me at any time.
　還用得著說，隨時歡迎你來找我。

◈ It was such a mere platitude as almost **to go without saying**.
　這不過是老生常談，不用說也明白。

(四)「no＋動名詞」表示「禁止或不准」的簡短命令或法規，其後不可接受詞。如：

◈ **No talking** during the performance, please.
　演出時請勿談話。

◈ **No parking**!
　禁止停車！

◈ **No smoking**!
　禁止吸菸！

(五)"There's no use/good..."（美式用法）（＝"It is no use/good..."（英式用法））表示「沒有用或沒有好處」，後面接動名詞。

如：

❖ **There's no use/good <u>talking</u> about it**.
談論這件事沒什麼用。

❖ **There is no good/use <u>trying</u> to persuade this kind of man**.
勸這樣的人沒用。

❖ **It's no good <u>my arguing</u> with you**.
我和你爭論也沒用。

❖ **Is it any good <u>doing</u> it?**
做這事有用嗎？

❖ **It's no use <u>asking</u> him**.
問他沒有用。

注：在口語中可用「It's no use＋不定詞」的結構代替「It's no use＋動名詞」。如：

❖ **It is no use <u>to ask</u> him for help**.
求他幫助沒有用。

（六）「of one's own＋動名詞」表示「由……自己……的」。如：

❖ She showed us around <u>the factory **of her own designing**</u>.
她帶領我們參觀她自己設計的工廠。

❖ <u>The statue</u> was **of his own carving**.
這座雕像是他自己雕的。

（七）「be on the point of＋動名詞」表示「正要去做某事」。如：

❖ I **was** just **on the point of going** when he came in.
他進來的時候我正要走。

◈ When he **was on the point of winning** he suddenly fell and hurt himself.
他快要得勝的時候，突然摔倒受傷了。

(八)「make a point of＋動名詞」表示「重視某事」，「一定要做某事」，「堅持」。如：

◈ I always **make a point of doing** morning exercises.
我一定要做早操。

◈ She **makes a point telling** me first when she finds a new job.
她找到新工作時一定要先告訴我。

(九)"be engaged in"表示「從事於」、「忙於」，後接動詞時，常以動名詞表示。如：

◈ He **is engaged in compiling** a grammar book.
他忙著編寫一本文法書。

(十)「be busy in＋動名詞」表示「忙於做某事」，in 常可省略。如：

◈ She **is busy(in) looking** after her sister.
她在忙於照顧她妹妹。

◈ He **is busy packing** his trunk.
他忙著整理行囊。

(十一)在作「困難」解的 difficulty, trouble 等名詞後面，常可用「in＋動名詞」作修飾語，in 常可省略。如：

◈ The patient has **trouble(in) breathing**.
這名病人呼吸困難。

◈ I had **no difficulty**（**in**）**recognizing** her.
我毫無困難就認出了她。

（十二）「have a time ＋動名詞」表示「費事、費勁做某事」，在
　　　　time 之前加的 hard 或 difficult 等形容詞常可省略。如：

◈ She **had a**（**hard**）**time** **trying** to get the naughty children to go to bed.
她費了好大的勁才設法讓淘氣的孩子們去睡覺。

◈ I **had a hard time finding** you.
我好不容易才找到你。

（十三）「have oneself a time＋動名詞」表示「（某人自己）做什麼
　　　　玩得很痛快」。如：

◈ Alice **had herself a time** **dancing** at the party.
愛麗絲在舞會上跳舞跳得很痛快。
（have oneself a time＝have a good time，表示玩得很痛快）

（十四）「worth＋動名詞」表示「值得……」。worth 之後的動名
　　　　詞只可為及物動詞的主動式，其後不可有受詞。如：

◈ Her suggestion is **worth considering**.
她的建議值得考慮。

◈ That is something **worth doing**.
那件事值得做的事。

⑥ 動名詞與不定詞的比較

　　有些動詞後面只能接動名詞作受詞；有些動詞後面只能接不
定詞作受詞；而有些動詞後面可接動名詞或不定詞作受詞，但接

動名詞或不定詞，在意思或用法上有所不同。

6.1 只可接動名詞作受詞的動詞

(一)有些動詞可直接後接動名詞作受詞。

常見的有 acknowledge(承認)，admit(承認)，advise(建議)，advocate(提倡)，anticipate(預料)，avoid(避免)，consider(考慮)，contemplate(打算)，defer(延期)，delay(推遲)，deny(否認)，detest(厭惡)，dislike(不喜歡、討厭)，enjoy(喜歡)，escape(逃避、避開)，evade(逃避)，fancy(喜歡、想像)，finish(完成)，grudge(捨不得給)，imagine(設想)，include(包括)，involve(包括、需要)，keep(繼續不斷地)，loathe(憎惡)，mention(談到)，mind(介意)，miss(錯過，逃過)，postpone(延期、延緩)，practice(練習),quit(停止)，recall(憶起)，recollect(憶起)，repent(後悔)，resent(怨恨)，resist(忍住)，risk(冒著……之險)，save(節省)，suggest(建議)，tolerate(容忍)，understand(理解)等。如：

◈ They <u>acknowledged/admitted</u> **having been defeated**.
他們承認曾吃過敗仗。

◈ She <u>advised/suggested</u> **waiting** <u>till the proper time</u>.
她建議等到適當的時機。

◈ I <u>don't anticipate</u> **meeting** <u>any opposition</u>.
我預料不會遇到任何抵抗。

◈ You<u>'d better avoid</u> **seeing** <u>her</u>.
你最好避免見她。

❖ She's considering **changing** her job.
她考慮換工作。

❖ I'll defer/postpone/delay **replying** till I hear from her.
我會等到接到她的消息後再答覆。

❖ He denied **having stolen** her money.
他否認偷了她的錢。

❖ Her husband detests/loathes **writing** letters.
她丈夫討厭寫信。

❖ I dislike **getting up** early.
我不喜歡早起。

❖ I enjoy **cycling**.
我喜歡騎腳踏車。

❖ He barely escaped **being killed**.
他險些被殺。

❖ I don't fancy **walking** in the rain.
我不喜歡在雨中行走。

❖ He has just finished **writing** the new novel.
他剛寫完這部新小說。

❖ Now, let's try to imagine **being** on the moon.
現在，試想我們在月球。

❖ Your duties include **watering** the flowers.
你的工作包括澆花。

❖ Taking this job involves **living** abroad.
接受這工作就得住在國外。

◈ You'd better not mention **seeing** me here.
你最好別提在這裡見到了我。

◈ Do you mind **waiting** for a day or two?
你介不介意等個一兩天？

◈ We often practice **speaking** English among ourselves.
我們經常互相練習說英文。

◈ I recalled **seeing** her once somewhere.
我想起曾在某個地方見過她一次。

◈ She seems to resent **my coming** here.
她似乎討厭我來這裡。

◈ He never can resist **making** a joke.
他總忍不住要開玩笑。

◈ We must risk **getting** caught in a storm.
我們必須冒著被困在暴風雨中的風險。

◈ I won't tolerate **your doing** that.
我不能容忍你那樣做。

◈ I can't understand **his resigning** his job.
我不能理解他為什麼辭職。

(二)有些片語動詞之後只可接動名詞。

常見的有：burst out(突然發出)，can't help(不禁、忍不住)，can't stand(受不了)，can't stick(忍受不了)，come near(幾乎)，feel like(想要)，give up(放棄、戒除)，have done(結束)，insist on(一定要、堅持)，leave off(停止)，look like(看起來似乎)，repent of(後悔)，put off(推遲、延期)等。如：

◈ He <u>burst out</u> **crying** <u>like a child</u>.
　他突然像小孩似的大哭。

◈ She <u>couldn't help</u> **smiling** <u>at the words</u>.
　聽了這話她禁不住笑了。

◈ I <u>can't stand</u> **having** <u>nothing to do</u>.
　我受不了無所事事。

◈ The child <u>came near</u> **being run over**.
　這孩子險些被車壓死。

◈ I <u>don't feel like</u> **arguing** <u>with him</u>.
　我不想和他爭論。
　(片語動詞 feel like 中的 like 為介詞)

◈ It isn't easy for him <u>to give up</u> **smoking**.
　要他戒煙並不容易。

◈ I've done **talking**.
　我說完了。

◈ He <u>insisted on</u> <u>my</u> **doing** <u>it</u>.
　他一定要我做此事。

◈ <u>Leave off</u> **talking**.
　別講話了。

◈ She decided <u>to put off</u> **going** <u>home</u>.
　她決定延期回家。

(三)有些動詞常後接複合動名詞（即帶有意義上主詞的動名
　詞）作其受詞，這類動詞常見的有表示「原諒」的 excuse,
　forgive, pardon 等。如：

◈ Excuse me **not having answered** your letter before.
原諒我以前沒有給你回信。

◈ Forgive my **interrupting** you.
原諒我打斷你的話。

◈ Pardon my **saying** so.
原諒我這麼說。

6.2 只可接不定詞作受詞的動詞

常見的有：afford（有經濟條件做某事），agree（同意），aim（想、打算），arrange（安排），ask（要求），beg（懇求），choose（寧願、偏要），claim（聲稱），consent（同意），dare（敢於），decide（決定），demand（要求），desire（希望、想），determine（決定、決心），endeavor（力圖、盡力），expect（期待、預料），fail（沒能），hope（希望），hurry（匆忙、趕快），long（渴望），manage（設法得以……、終於），offer（提出，主動提出），plan（計畫、打算），prepare（准備），pretend（假裝），promise（答應、允諾），refuse（拒絕），resolve（決心），think（打算、想到），threaten（威脅要），undertake（答應、允諾），wish（願意、希望）等。如：

◈ She agreed/consented **to marry** him.
她同意嫁給他。

◈ I aim **to be** a teacher.
我打算當老師。

◈ I've arranged **to interview** a young man tomorrow morning.
我已安排好明天早上面試一個年輕人。

◈ She <u>asked/demanded</u> **to work** <u>there for a year or two</u>.
她要求在那裏工作一兩年。

◈ He <u>begged</u> **to be excused**.
他乞求原諒。

◈ She <u>chose</u> **not to go** <u>abroad</u>.
她決定不出國。

◈ He <u>claimed</u> **to have discovered** <u>a new planet</u>.
他聲稱發現了一顆新行星。

◈ She finally <u>consented</u> **to be** <u>chief editor</u>.
她終於同意擔任主編。

◈ <u>Does</u> she <u>dare</u> **to go** <u>to such a dangerous place alone at night</u>?
她敢在夜晚獨自去這樣危險的地方嗎？

◈ He <u>decided/resolved/determined/was determined</u> **to get** <u>there first</u>.
他決定先去那裡。

◈ We <u>hope/wish/desire</u> **to give** <u>her a good education</u>.
我們希望讓她接受良好的教育。

◈ I <u>didn't expect/think</u> **to see** <u>you here</u>.
我沒料到會在這裡見到你。

◈ He <u>never fails</u> **to keep** <u>his promises</u>.
他從不食言。

◈ Hearing her advice, he <u>hurried</u> **to see** <u>the doctor</u>.
聽了她的勸告，他趕忙去看醫生。

◈ <u>I'm longing</u> **to see** <u>her</u>.
我渴望見到她。

◈ They planned **to move** their headquarters to Taipei.
他們打算將總部遷往臺北。

◈ They are preparing **to go** on holiday.
他們正準備休假。

◈ He pretended **not to know** the facts.
他佯裝不知道實情。

◈ She promised/undertook **to help** me pay off the debts.
她答應幫我還債。

◈ He refused **to accept** the invitation.
他拒絕接受邀請。

◈ The boss threatened **to fire** them.
老闆威脅要開除他們。

◈ I wish **to see** her next week.
我希望下星期見到她。

6.3 既可後接不定詞又可後接動名詞的動詞

(一)(can't) bear(不忍)，cease(停止)，continue(繼續)，
decline(拒絕)，dread(害怕)，intend(想要、打算)，
neglect(忽略、漏做)，omit(忽略、漏做)，propose(提議、
打算)，attempt(試圖)，begin(開始)，start(開始)等動詞後
接動名詞或不定詞作受詞，在意義上並無差別。但有的動
詞在用法上會有些不同。如：

◈ She can't bear **seeing/to see** animals treated cruelly.
她不忍看動物受到虐待。

◈ He ceased **doing/to do** it.
他停止做此事。

◈ They declined **assisting/to assist** us in the undertaking.
他們拒絕在此事上幫助我們。
（decline 後接不定詞比接動名詞常見）

◈ I attempted **to get/getting** better marks, but failed.
我試圖考好一點，但沒做到。
（attempt 的受詞如為動作通常用不定詞，偶爾用動名詞）

◈ I propose **starting/to start** early.
我提議早些動身。
（propose 表示「提議、建議」時，其受詞如表動作，用動名詞或不定詞皆可）

◈ What do you propose **to do/doing** next?
下一步你打算怎麼辦？
（propose 表示「打算」時，其後的受詞如為動作，用動名詞或不定詞皆可，但較常用不定詞）

◈ When did you begin/start **learning/to learn** English?
你什麼時候開始學英文？

◈ It was beginning **to rain** when I got to the airport.
我到機場時正開始下雨。
（begin, start 為進行時態時，後面須接不定詞）

◈ The barometer began **to fall**.
氣壓開始下降。
（當主詞為非人的物時，begin 或 start 之後宜用不定詞）

◈ She <u>began</u> **to realize** her error.
她開始察覺她的錯誤了。

（在 begin 之後接 feel, know, realize, see, think, understand 等表示
思維活動的動詞時，須用不定詞）

◈ She <u>began</u> **to see** its importance.
她開始認識它的重要性。

◈ He <u>began</u> **to feel** afraid.
他開始感到害怕。

◈ She <u>is beginning</u> **to understand**.
她漸漸懂了。

(二)有些動詞的受詞表示抽象行為時，用動名詞或不定詞皆
可，但較常用動名詞。特指某次具體的動作時，尤其是表
未來的動作，多用不定詞。

1. 在美國英文中 like, love 及 hate 後的受詞，如果表示一般
性的動作，用動名詞或不定詞皆可；上述動詞在 would 或
should 之後的受詞如為動作，一般用不定詞表示。如：

◈ Children <u>like</u> **playing/to play**.
小孩喜歡玩。

（表示一般行為，用動名詞或不定詞皆可）

◈ She <u>loves</u> **taking/to take** long walks.
她喜歡長途步行。

（表示一般行為，用動名詞或不定詞皆可）

◈ I <u>hate</u> **studying/to study** early in the morning.
我不喜歡在早上讀書。

（表示一般行為，用動名詞或不定詞皆可）

◈ I would like/love **to take** a walk with you tonight.

我今晚想和你一起去散步。

（表示未來的行為時多用不定詞）

◈ She hates **smoking**.

她討厭吸菸的人。

（作受詞的動名詞多指一般的行為，意義上的主詞可能是泛指一般人）

◈ She hates **to smoke**.

她自己不喜歡吸菸。

（後不定詞作受詞時，意義上的主詞常是句子的主詞本身）

◈ I hate **to leave** you like that.

我真不願意就那樣離開你。

（但還是要離開。表示未來要做的具體行為時，宜用不定詞）

◈ I hate **disturbing** you. (＝I'm disturbing you and I'm sorry.)

我很不願意打擾你的。（＝我正在打擾你，我很抱歉）

（句中的動名詞可理解為表示一般性的動作）

◈ I hate **to disturb** you.

(＝"I'm reluctant to disturb you." or "I regret to disturb you.")

我很不想打擾你。（但還是打擾你了）

（＝「我很不願打擾你。」／「我很抱歉打擾你）

2. dread 之後的受詞如是動作，接不定詞或動名詞皆可，但用法不同。如：

◈ I <u>dread</u> **going out** at midnight.

我怕在半夜外出。

（dread 之後的受詞如是動作，表示一般行為要時用動名詞，不可用不定詞）

◈ We all <u>dread</u> **to think** what will happen to him.

我們都怕去想他會出什麼事。（因此不敢去想）

（dread 之後的受詞如是動作，表示具體行為時要用不定詞，不可用動名詞）

3. prefer 之後的受詞如是動作，泛指偏愛，有下列三種表示方法。

(1)「prefer＋動名詞／不定詞」，如：

◈ I <u>prefer</u> **staying/to stay** at home in bad weather.

天氣不好的時候我寧願待在家裡。

◈ I <u>prefer</u> **walking/to walk** to school.

我寧願走路上學。

(2)「prefer＋動名詞＋to＋動名詞」，如：

◈ I <u>prefer</u> **cycling** to **driving**.

我寧可騎腳踏車而不要自己開車。

◈ He <u>prefers</u> **walking** to **cycling**.

他喜歡步行，而不願意騎單車。

(3)「prefer＋不定詞＋rather than＋原形不定詞」，如：

◈ I <u>prefer</u> **to work** rather than **sitting** idle.

我寧可工作，也不願意閒閒沒事。

◈ I <u>prefer</u> **to walk** rather than **go** by bus.

我寧願步行，而不願搭公車。

4. prefer 之後的受詞如是動作，用動名詞還是不定詞，有時會造成意義上的。如：

◈ I prefer **waiting** here.
我更喜歡在這裡等著。
(我現在在這裡等著。我樂意等著)

◈ I prefer **to wait** here.
我將在這裡等著。
(表示對即將進行的特定行為的偏愛時，在 prefer 之後要用不定詞)

◈ "Do you like **skating**?" "Yes, but I prefer **skiing**."
「你喜歡溜冰嗎？」「喜歡，但是我更喜歡滑雪。」
(前一句出現了動名詞，在 prefer 之後表示一般行為時，只可用動名詞)

5. 指當時或不久的將來對某一行動有所偏愛時，用 would prefer＋不定詞表示，而且 would 可以省略。如：

◈ "Could I give you a lift?" "No, thanks, I (would) prefer **to walk**."
「我送你一程好嗎？」「不用了，謝謝，我喜歡走路。」

◈ I would prefer **to stay** at home tomorrow.
我明天寧願待在家裏。

(三)有些動詞或片語動詞之後接動名詞或不定詞時的意義不同。

1. need, want 後接動名詞或不定詞作受詞皆可，但意義或用法會有所不同。欲表示「想要或需要做某事」，要接不定詞；欲表示「需要……」的被動意義，則接動名詞。如：

◈ I <u>want</u> **to go** to the concert.

我想去聽音樂會。

（want 後接不定詞，表示「想要做某事」）

◈ The flowers <u>want</u> **watering**.

這些花需要澆水了。

（want 後接動名詞，以主動的形式表示被動意義，相當於 The flowers <u>want</u> **to be watered**.）

◈ He <u>needs</u> **to know**.

他需要知道。

（need 後接不定詞表示「需要……」的主動意義）

◈ The house <u>needs</u> **repairing**.

這房子需要整修了。

（need 後接動名詞，以主動形式表示「需要……」的被動意義，相當於 The house <u>needs</u> **to be repaired**.）

2. forget（忘記），remember（記得），regret（後悔）之後接動名詞作受詞時，表示「過去已做過或發生過的事」；後接不定詞作受詞時，則表示「隨後需要做的事」。如：

◈ Please <u>remember</u> **to mail** <u>the letter</u>.

請記得寄這封信。

（表示記著要去做某事，remember 之後須接不定詞）

◈ I <u>remember</u> **borrowing** <u>ten pounds from you</u>.

我記得向你借過十英磅。

（記得過去做過的事，remember 之後要接動名詞）

◈ I <u>forgot</u> **to mail** the letter.

我忘記寄這封信了。

（表示忘記本該要做的事，forget 要後接不定詞）

◈ I <u>forgot about</u> **borrowing** <u>ten pounds from you</u>.

我忘了曾向你借了十英磅。

（表示忘記過去做過的事，forgot 之後要接動名詞，主要動詞通常用現在完成式或簡單過去式。如用簡單過去式，forgot 後常加 about）

◈ I <u>regret</u> **to inform** <u>you your son got hurt on the head</u>.

很遺憾通知你，你的兒子頭部受傷。

（表示遺憾要去做某事，regret 之後要接不定詞）

◈ I <u>regretted</u> **telling** <u>him all the truth</u>.

我後悔把實情都告訴了他。

（表示後悔已做過的事，regret 之後要接動名詞）

3. mean 之後接不定詞作受詞，表示「打算、意欲」，接動名詞作受詞，表示「意味著」、「就會」。如：

◈ What <u>do</u> you <u>mean</u> **to do** <u>with it</u>?

你打算怎麼處理？

（表示「打算」時，mean 之後要接不定詞）

◈ I <u>didn't mean</u> **to hurt** <u>you</u>.

我不是有意傷害你。

（表示「意欲」時，mean 之後要接不定詞）

◈ To raise wages <u>means</u> **increasing** <u>purchasing power</u>.

提高工資意味著提高購買力。

（表示「意味著、作……解」時，mean 之後要接動名詞）

4. try 之後接不定詞作受詞，表示「盡力、設法、試圖、嘗試」；接動名詞作受詞，表示「試驗、試做以觀察其結果」。如：

◈ I've been trying **to get** you on the phone.
我一直設法打電話找你。
（表示「設法、盡力」時，try 之後要接不定）

◈ Don't try **to swim** across the river.
不要嘗試過那條河。
（表示「嘗試」時，try 之後要接不定詞）

◈ Have you tried **sleeping** on your side as a cure for snoring?
你試過側睡來防止打鼾嗎？
（表示「試驗、試做以觀察其結果」時，try 之後要接動名詞）

5. stop 之後接動名詞，表示「停止做（正在做的）某事」，動名詞為 stop 的受詞；接不定詞，表示「把正在做的事停下來，以便做別的事」，不定詞表示目的狀語。如：

◈ The child stopped **crying**.
那小孩不哭了。

◈ It has stopped **snowing**.
雪停了。

◈ He stopped **to have** a rest.
他停下來休息一會兒。

6. go on 之後接動名詞與接不定詞時表示的意義不同。如：

◈ Though it was late at night, they went on **talking**.
儘管已是深夜，他們還是繼續交談。
（「go on＋動名詞」表示「繼續不停地做某事」，動名詞為 go on 的受詞。但有些文法學家認為此處的動詞 -ing 形式是現在分詞，作狀語用）

◈ After he finished writing two letters, he <u>went on</u> **to write** <u>poems</u>.

他寫完兩封信後，接著寫起了詩。

（「go on＋不定詞」表示在做完某事之後接著做其他事，不定詞作狀語用）

文法索引

參考書目

Adams, V.
1973 *An Introduction to Modern English Word-Formation*, London: Longman

Alexander, L.G.
1976 *New Concept English*, London: Longman
1988 *Longman English Grammar*, New York: Longman 雷航等譯（1991）《朗曼英語語法》，北京：外語教學與研究出版社

Alexander, L.G. et al
1977 *English Grammatical Structure*, London: Longman

Barnhart, C.L. & Barnhart, R.K.
1981 *The World Book Dictionary*, Chicago: World Book-Childcraft International, Inc.

Bauer, L.
1983 *English Word-Formation*, Cambridge University Press

Berube, M.S et al
1993 *The American Heritage College Dictionary*, Boston: Houghton Mifflin Company, Third Edition

Brown, E.K. & Miller J.E.
1982 *Syntax: Generative Grammar*, London: Longman

Chan, W. H.
1975 *A Daily Use English-Chinese Dictionary* 詹文滸主編《求解、作文、文法、辨義四用辭典》，香港：世界書局

Chang, C. C.
1963 *A Concise English-Chinese Dictionary* 張其春、蔡文縈編《簡明英漢詞典》，北京：商務印書館

Chang, F. C.
1985 *Oxford Advanced Learner's Dictionary of Current English with Chinese Translation*, Third Edition 張芳傑主編《牛津現代英漢雙解辭典》第三版·香港：牛津大學出版社

Chang, F. C. et al
1989 *English Grammar for High School*, Third Edition, Taipei: National Compilation Committee 張芳傑等編《高級中學英文文法》第三版，臺北：國立編譯館

Chang, T. C. & Wen, C. T.
A Comprehensive English Grammar 張道真、溫志達編著《英語語法大全》，北京：外語教學與研究出版社

Chang, T. C.
1981 *A Dictionary of Commonly Used English Verbs* 張道真編著《英語常用動詞用法詞典》，上海：上海譯文出版社
1987 *A Dictionary of Current English Usage* 張道真編著《現代英語用法詞典》，上海：上海譯文出版社
1995 *A Practical English Grammar* 張道真編著《實用英語語法》修訂本，北京：外語教學與研究出版社

Chao, C. T.
1998 *A Dictionary of Answers to Common Questions in English* 趙振才編著《英語常見問題解答大詞典》，哈爾濱：黑龍江人民出版社

Chao, C. Y.
1999 *A Dictionary of the Usage Of English Adverb & Their Transformational Forms* 趙俊英《英語副詞用法·轉換形式詞典》，濟南：山東友誼出版社

Ch'ên, T. Y. & Hsia, D. H.
   1986   *A Practical English Grammar* 陳則源、夏定雄譯《牛津實用英語語法》，北京：牛津大學出版社

Chiang, C.
   1988   *Secrets of English Words* 蔣爭著《英語辭彙的奧秘》，北京：中國國際廣播出版社
   1998   *Classified English-Chinese Dictionary of English Word Roots, Prefixes and Suffixes* 蔣爭著《英語字根、字首、字尾分類字典》，北京：世界圖書出版公司

Chou K. C.
   An English-Chinese Dictionary with Usage Notes 周國珍主編《英漢詳注詞典》，上海：上海交通大學出版社

Chuang, Y. C. et al
   2000   *Practical English Usage*, Second Edition 莊繹傳等譯《英語用法指南》第二版，北京：外語教學與研究出版社

Ehrlich, E. et al
   1980   *Oxford American Dictionary*, New York: OxfordUniversity Press

Flexner, S. B.
   1993   *Random House Unabridged Dictionary*, Second Edition, New Work: Random House

HO, K. M. et al
   1978   *Dictionary of American Idioms* 何光謨等編《美國成語大詞典》，香港：成文出版社

HO, L. M.
   1994   *Ho's Complete English Grammar* 賀立民編著《賀氏英文法全書》臺北：賀立民出版

Hornby A. S.
   1989   *Oxford Advanced Learner's Dictionary*, Fourth Edition,

Oxford: University Press

Hsing, T. Y.
1996　*A Complete Dictionary of English-Chinese Idiomatic Phrases* 邢志遠主編《英漢慣用語大詞典》，北京：新世界出版社

Hsü, L. W.
1984　*A Practical Grammar of Contemporary English* 徐立吾主編《當代英語實用語法》，長沙：湖南教育出版社

Huang, T. W.
1985　*English Clauses —Grammar and Usage* 黃子文編著《英語子句——語法和慣用法》，北京：商務印書館

Jesperson, O.
1933　*Essentials of English Grammar*, London: Allen and Unwin

Ko, C. H.
1994　*New English Grammar* 柯旗化編著《新英文法》增補修訂版，臺北：第一出版社

Ko, C. K. et al
1982　*Dictionary of English Phrasal Verbs with bilingual explanations* 葛傳槼等編著《英漢雙解英語片語動詞詞典》，上海：上海譯文出版社

Li, P. D.
1997　*Oxford Advanced Learner's English-Chinese Dictionary*, Fourth Edition, the Commercial Press Oxford University Press 李北達編譯《牛津高級英漢雙解辭典》第四版，北京：商務印書館

Liang, S. C.
1975　*Far East English-Chinese Dictionary* 梁實秋主編《遠東英漢大辭典》，臺北：遠東圖書公司

Lin, C. C.
    A Study of Prepositions 林照昌編著《英文介係詞大全》，
    臺北：文友書局

Liu, Y.
    A Dictionary of English Word Roots 劉毅編著《英文字根字
    典》，北京：外文出版社
    Treasury of English Grammar 劉毅編著《英語語法寶典》，
    臺北：學習出版有限公司

Murphy, R.
    1985   *English Grammar in Use*, Cambridge: University Press

Neufeldt, V. et al
    1997   *Webster's New World College Dictionary*, Third
    Edition, New York: Macmillan

Orgel, J. R.
    1966   *Comprehensive English in Review*, New York: Oxford
    Book Company, Inc.

Palmer, F. R.
    1987   *The English Verb*, Second Edition, London: Longman

Pearsall, J. et al
    2001   *The New Oxford Dictionary of English*, Hanks
    Clarendon Press, Oxford

Po, P.
    1990   *An Advanced English Grammar* 薄冰主編《高級英語
    語法》，北京：高等教育出版社
    1998   *English Grammar* 薄冰編著《英語語法》，北京：
    開明出版社

Procter, P. et al
    1978   *Longman Dictionary of Contemporary English*,
    London: Longman

Quirk, R. et al
　　1985　*A Comprehensive Grammar of the English Language*, New York: Longman

Senkichiro Katsumata
　　1985　*Kenkyusha's New Dictionary of English Collocations*, First Edition, Tokyo: Kenkyusha

Sinclair, J. et al
　　1995　*Collins Cobuild English Dictionary*, New Edition, London: Harper Collins Publishers
　　1999　*Collins Cobuild English Grammar* 任紹曾等譯《Collins Cobuild 英語語法大全》，北京：商務印書館

Slager, W. R.
　　1977　*English for Today*, Second Edition, U.S.A. McGraw-Hill International Book Company

Spears, R. A. et al
　　1992　*American Idioms Dictionary* 陳惟清等譯《美國成語詞典》，北京：人民教育出版社

Swan, M.
　　1995　*Practical English Usage*, Oxford: University Press

Thomson, A. J. & Martinet, A.V.
　　1979　*A Practical English Grammar*, Oxford: University Press

Tong, S. C.
　　1979　*New Concise English-Chinese Dictionary* 董世祁主編《新簡明英漢詞典》，臺北：哲志出版社

Wang, T. Y.
　　1987　*The English-Chinese World-Ocean Dictionary* 王同億主編《英漢辭海》，北京：國防工業出版社

Wang, W. C.

1991　*A Dictionary of English Collocations* 王文昌主編《英語搭配大辭典》，南京：江蘇教育出版社

Wood, F. T. et al
1983　*English Prepositional Idioms* 余士雄、余前文等譯《英語介詞習語詞典》，北京：知識出版社

Wu, K. H.
1991　*A Modern Comprehensive English-Chinese Dictionary* 吳光華主編《現代英漢綜合大辭典》，上海：上海科學技術文獻出版社

Wu, W. T., Chu, C. Y. & Yin, C. L.
1986　*A Dictionary of English Grammar* 吳慰曾、朱寄堯、殷鍾峽主編《英語語法詞典》，成都：四川人民出版社

Yan, Y. S.
1988　*Eurasia's Modern Practical English-English English-Chinese Dictionary* 顏元叔主編《歐亞最新實用英英、英漢雙解辭典》，臺北：歐亞書局

張昌柱等譯
1992　《朗曼英語片語動詞大詞典》，石家莊：河北教育出版社

廈門大學外文系
1985　*A Comprehensive Dictionary of English Idioms and Phrases*《綜合英語成語詞典》，福州：福建人民出版社

蘇州大學「英語語法大全」翻譯組
1989　《英語語法大全》，上海：華東師範大學出版社

吳炳鍾英語教室

實用英語文法百科4：助動詞、不定詞、動名詞

2009年6月初版　　　　　　　　　　　　　　　　定價：新臺幣280元

有著作權・翻印必究

Printed in Taiwan.

著　　者	吳	炳	鍾	
	吳	炳	文	
發　行　人	林	載	爵	

出　版　者	聯經出版事業股份有限公司	叢書主編	陳	若	慈
地　　　址	台北市忠孝東路四段555號	校　　對	林	雅	玲
編輯部地址	台北市忠孝東路四段561號4樓		鄭	彥	谷
叢書主編電話	(02)27634300 4轉5227		曾	婷	姬
總　經　銷	聯合發行股份有限公司	封面設計	翁	國	鈞
發　行　所	台北縣新店市寶橋路235巷6弄6號2樓	內文排版	陳	如	琪
電話：	(02)29178022				
台北忠孝門市：	台北市忠孝東路四段561號1樓				
電話：	(02)27683708				
台北新生門市：	台北市新生南路三段94號				
電話：	(02)23620308				
台中分公司：	台中市健行路321號				
暨門市電話：	(04)22371234ext.5				
高雄辦事處：	高雄市成功一路363號2樓				
電話：	(07)2211234ext.5				
郵政劃撥帳戶第0100559-3號					
郵撥電話：	2 7 6 8 3 7 0 8				
印　刷　者	文鴻彩色製版印刷有限公司				

行政院新聞局出版事業登記證局版臺業字第0130號

本書如有缺頁，破損，倒裝請寄回聯經忠孝門市更換。　　ISBN　978-957-08-3420-8（平裝）
聯經網址：www.linkingbooks.com.tw
電子信箱：linking@udngroup.com

國家圖書館出版品預行編目資料

實用英語文法百科 4：助動詞、不定詞、
動名詞/吳炳鍾、吳炳文著 . 初版 . 聯經 . 2009 年 .
（民 98）. 304 面 . 14.8×21 公分 .（吳炳鍾英語教室）
ISBN　978-957-08-3420-8（平裝）

　1.英語　　2.語法

805.16　　　　　　　　　　　　　　　　98008010

聯經出版事業公司

信用卡訂購單

信 用 卡 號：□VISA CARD □MASTER CARD □聯合信用卡

訂 購 人 姓 名：_____

訂 購 日 期：_____年_____月_____日　　（卡片後三碼）

信 用 卡 號：_____　_____　_____　_____

信 用 卡 簽 名：_____(與信用卡上簽名同)

信用卡有效期限：_____年_____月

聯 絡 電 話：日(O)：_____夜(H)：_____

聯 絡 地 址：□□□_____

_____

訂 購 金 額：新台幣_____元整

（訂購金額 500 元以下,請加付掛號郵資 50 元）

資 訊 來 源：□網路　　□報紙　　□電台　　□DM □朋友介紹
　　　　　　□其他_____

發　　　　票：□二聯式　　　□三聯式

發 票 抬 頭：_____

統 一 編 號：_____

※ 如收件人或收件地址不同時，請填：

收 件 人 姓 名：_____ □先生　□小姐

收 件 人 地 址：_____

收 件 人 電 話：日(O)_____夜(H)_____

※茲訂購下列書種,帳款由本人信用卡帳戶支付

書　　　　　名	數量	單價	合　　計
總　　計			

訂購辦法填妥後

1. 直接傳真 FAX(02)27493734
2. 寄台北市忠孝東路四段 561 號 1 樓
3. 本人親筆簽名並附上卡片後三碼(95 年 8 月 1 日正式實施)

電　話：(02)27683708

聯絡人:王淑蕙小姐(約需 7 個工作天)

聯經 英文保證班

打造完美的書單

從最生活的發音、會話，到道地英語話台灣。
有包羅萬象的紐約時報，和爆笑的旅遊體驗。

殺很大的
大師風采

吳炳鍾
教你發音、文
法、會話以及
最常見的Q&A

1

現學現賣
實用會話

生活英語
Follow me，
旅遊、飲食、
交通都搞定

2

放眼世界
國際觀點

輕鬆看懂
紐約時報、體
驗英式幽默

3

家鄉特色
台灣風情

用英文寫台灣
說台灣、遊台
灣，讓你好好
秀台灣！

4

完美 的書單